LA VEILLE

DE LA

VICTOIRE DU CHRIST

OU

RÉVÉLATION ACCOMPLIE EN PARTIE

SUR L'AVENIR PROCHAIN

DE LA FRANCE ET DU MONDE

PAR PAUL DE JÉSUS

Prêtre du tiers ordre de Saint-François

Sede a dextris meis, donec ponam inimicos tuos scabellum pedum tuorum.

Asseyez-vous à ma droite : je vais réduire vos ennemis à vous servir de marchepied.   (Ps. CIX.)

(Paroles de Dieu le Père au Christ son Fils.)

TOURS

CATTIER, ÉDITEUR

PARIS, LARCHER, LIBRAIRE, RUE BONAPARTE, 57

1882

—

D

LA VEILLE

DE LA

VICTOIRE DU CHRIST

LA VEILLE

DE LA

VICTOIRE DU CHRIST

OU

RÉVÉLATION ACCOMPLIE EN PARTIE

SUR L'AVENIR PROCHAIN

DE LA FRANCE ET DU MONDE

PAR PAUL DE JÉSUS

Prêtre du tiers ordre de Saint-François

Sede a dextris meis, donec ponam inimi-
cos tuos scabellum pedum tuorum.

Asseyez-vous à ma droite : je vais réduire
vos ennemis à vous servir de marchepied.   (Ps. CIX.)

(Paroles de Dieu le Père au Christ son Fils.)

TOURS

CATTIER, ÉDITEUR

PARIS, LARCHER, LIBRAIRE, RUE BONAPARTE, 57

1882

—

LA VEILLE

DE LA

VICTOIRE DU CHRIST

I

NOTES PRÉLIMINAIRES

Nous voici en juillet 1882, et rien n'est arrivé de ce que l'on attend depuis une douzaine d'années.

Cependant rien n'est perdu. A l'heure où nous écrivons, le combat est engagé sur toute la ligne et devient de plus en plus violent.

La victoire est certaine. Mais alors pourquoi ce retard ? Pourquoi la délivrance se fait-elle attendre si longtemps ? Pourquoi le Christ tarde-t-il tant à montrer au monde la beauté de sa victoire ?

Ce retard est en même temps un signe de colère et un signe de miséricorde.

Quelque chose de grand se prépare dans le monde. On veut chasser le Christ, on veut chasser Dieu. Dieu veut paraître en Dieu. Le Christ veut briller dans tout l'éclat de sa gloire. Pour leur punition, il laisse ses ennemis se compter et prendre des forces ; il les laisse déployer tous leurs moyens d'action. Il laisse la malice des hommes monter comme les flots courroucés d'une mer en furie. Il laisse la tempête se déchaîner sur le monde. Le Christ, notre Dieu, semble dormir. Mais la foi et l'amour de son peuple, qui va enfin se tourner vers lui au milieu de son affliction, vont bientôt le réveiller. Le Christ va s'élever au milieu des emportements de la colère et de la fureur des hommes. D'un mot il abattra l'orgueil et la force de la tempête.

D'un autre côté, ce Dieu, dont la nature est la bonté, a de la peine à punir les hommes, pour lesquels il a versé son sang. Il sait bien que pour un grand nombre qui ne veulent pas revenir à lui, la mort sera la perte éternelle. Il attend, il appelle, il sollicite, il donne le temps de se convertir.

Ainsi le retard ne change rien. Les événements prédits vont s'accomplir de point en point.

La prophétie que l'on offre aujourd'hui au public, est une garantie nouvelle du prochain triomphe.

Ce n'est point une prophétie d'hier. Elle date de 1870 et continue à se développer dans les années suivantes.

Elle n'a point été publiée plus tôt, parce qu'elle contient sur les événements prochains des détails d'une certaine gravité. Pour que l'on se décide à la livrer au public, il n'a rien moins fallu que les malheurs du jour présent. Il y a quelques années, à l'apparition des autres prophéties de ce genre, on priait, on espérait. Aujourd'hui, on ne prie plus avec autant de ferveur. On est tombé dans le découragement. On n'a plus la patience d'attendre l'heure de Dieu. On se lasse de prier, et surtout on ne se convertit pas.

D'ailleurs, cette révélation se présente dans des conditions peu communes : le lecteur en jugera lui-même. Elle est accomplie en partie. Elle renferme les détails les plus circonstanciés sur les causes, sur l'étendue, sur les remèdes et sur le résultat final de nos malheurs.

Elle précise tous les événements dont elle parle. Les autres révélations venaient plus spécialement de la sainte Vierge. Ici, c'est Notre-Seigneur lui-même qui a parlé dans la sainte communion.

La personne qui a eu ces faveurs célestes est une personne du monde. L'obéissance seule a pu obtenir qu'elle révélât son secret.

Il va sans dire qu'il n'y a ici qu'un simple narrateur, un simple copiste plutôt. Quant à la question de fond, elle n'appartient à personne qu'à l'Église. L'Église seule est juge en cette matière. Et quand nous parlons ici de prophétie, nous n'entendons en rien présumer de son jugement.

Le narrateur donne au jour le jour les révélations, à mesure qu'elles lui sont communiquées. Il ajoutera quelques explications et aidera à tirer les conséquences les plus rigoureuses qui en découlent.

Le but proposé est d'exciter le courage, s'il est possible, d'amener à la conversion, et surtout de contribuer, tant soit peu, à la gloire du plus illustre des Expulsés de France, Notre-Seigneur Jésus-Christ.

II

LE TEXTE

Le 5 octobre 1870 :

Voilà près de trois semaines que Jésus me criait avec instance de prier beaucoup pour le Saint-Père, pour l'Église, pour les Évêques, pour les prêtres. Jésus m'avait dit de vous le dire : j'ai pensé que vous le saviez mieux que moi. J'entendais sans cesse la voix de Jésus, me disant avec empressement de prier beaucoup pour l'Eglise. Je n'en ai presque rien fait, parce que j'ai beaucoup souffert depuis ce temps-là. Je n'ai même pas demandé à Jésus pourquoi il me disait ces choses et si l'Église était menacée de grands malheurs. Je vois bien que je suis sourde à la grâce de Jésus. Mais souvent je crains que ce ne soient des illusions du démon.

Maintenant, vous exigez que je demande à Jésus pour les malheurs actuels. J'ai pensé à le faire pour obéir ; mais je le ferai quand Jésus sera dans mon cœur par la communion.

Je veux bien vous dire ce que Jésus m'a dit toute la semaine dernière et ce qu'il m'a dit à chaque moment de la journée. Peut-être encore que c'est le démon, qui veut me tromper. Vous en penserez ce que vous voudrez. Cela s'est passé dans mon cœur : je dois vous le dire. Le voici.

Jésus me disait très intimement : « Mon enfant, tu penses à me demander quand finiront les malheurs de la France. Toi-même tu mets du retard aux grâces de miséricorde que je veux bien accorder à mon peuple ; mais il me faut un grand nombre de tes communions, de tes prières, de tes souffrances. »

Je n'osais pas vous dire ces choses. Pourtant, si je vous les avais répétées autant de fois que Jésus me les a dites, voilà longtemps que vous l'auriez su. Je crains toujours que ce ne soient des tours du démon. Mais pourtant c'est bien mon Jésus, il me semble. Il m'a bien dit que si je suis sourde à sa voix, il ne me dira plus rien, il se retirera de moi. Déjà j'ai mis trop de retard à faire ce que Jésus m'a dit.

Jésus m'a dit aussi que ce qui mettait du retard à sa miséricorde, c'était que les pécheurs ne se convertissent guère, que l'on continue toujours à blasphémer son saint nom.

Il me semble que Jésus n'est pas déterminé à finir nos maux, avant que les pécheurs reconnaissent leurs fautes et qu'ils lui demandent miséricorde.

Sans le sang de Jésus, qui coule chaque jour sur l'autel, Dieu aurait exterminé le monde. Mais ce sang divin demande pardon pour nous. Il apaise la colère de Dieu le Père envers nous. Mais il veut punir nos péchés. Dieu est juste en tout ce qu'il fait. La force et la puissance lui appartiennent : les hommes ne sont rien.

Voilà ce que Jésus m'a dit, sans que je le lui demande. Seulement j'ai eu la pensée d'obéir en ce que vous m'avez dit. J'entends la voix de mon Jésus, qui me dit d'aller communier. Je n'y tiens plus. Communier, c'est là ma seule consolation ; c'est le plus grand désir de mon cœur. Dans ma communion, pour obéir, je demanderai à Jésus quand finiront les malheurs de la France.

Le 10 octobre 1870 :

Jésus dit qu'il vaut mieux demander la conversion des pécheurs, que la fin des maux qui pèsent sur nous en ce moment.

Jésus voulait punir encore deux autres villes. Mais il ne le fera pas, à condition que l'on prie beaucoup le grand saint Martin : il est tout-puissant sur le cœur de Jésus.

Il ne faudrait pas cesser de prier beaucoup. Encore quelque temps, et Jésus mettrait fin à nos malheurs.

Les ennemis iront dans la capitale. Ils périront en grand nombre dans les combats.

Oh ! qu'il faut encore prier pour que Dieu nous soit favorable ! car les pécheurs sont encore en grand nombre.

Celui qui régnera est le Roi selon le cœur de Dieu. Il nous délivrera de nos malheurs. Cependant c'est lui que l'on repousse le plus. On n'en veut pas.

L'Église aurait pu être persécutée davantage. Jésus voulait punir ses ministres ; mais il faut prier qu'ils se convertissent, eux aussi, et l'Église sera délivrée, elle aussi.

Jésus va sauver la France ; mais pour convertir les pécheurs, il faudra de grands miracles, et pour obtenir de grands miracles, il faut de grandes et ferventes prières. Il faut des pénitences : c'est d'obligation pour fléchir la colère du bon Dieu.

Jésus nous sauvera. Il est bon, mais il est juste, et il punit le péché.

Le 22 octobre 1870 :

Jésus est fâché contre moi. Il ne m'a pas dit ce que

vous m'aviez prié de lui demander : j'ai résisté à sa grâce. Mais une nuit, Jésus m'a montré qu'il voulait punir toute la France, que les ennemis mettraient le feu partout où ils passeraient. Oh ! que c'est effrayant ! J'ai vu l'incendie dans nos villes. Dieu semblait être en si grande colère, qu'il voulait exterminer son peuple.

J'ai demandé à mon Jésus d'avoir au moins pitié de quelques villes moins coupables.

Jésus va continuer à montrer sa colère, si on ne prie pas davantage. Jésus voudra encore des victimes. Il ne perdra pas entièrement la France. Il faut prier beaucoup. Il faut faire pénitence.

Le 30 novembre 1870 :

Pour ce que vous m'avez dit de demander à Jésus, je vous assure que je n'ai pas trop tourmenté Jésus à cause de cela. Pourtant il me semble vous avoir dit ce que Jésus m'avait dit sur les malheurs de la France. Peut-être que je ne vous ai pas dit les choses tout comme Jésus me les a montrées.

Au commencement des malheurs de la France, je vous ai dit que, dans une nuit, Jésus me montra sa juste colère contre son peuple. Il me montra les maux qui allaient tomber sur la France.

C'étaient donc nos ennemis qui incendiaient toutes les villes par où ils passaient.

Jésus me montra qu'il n'y en aurait pas dans toutes les villes. Alors je vis que la colère de Dieu ne serait satisfaite entièrement que lorsqu'il aurait puni le péché, châtié le péché là où il est.

Je vous avoue que c'est pour la première fois de ma vie que j'ai vu Dieu dans sa colère. Oh ! qu'il est irrité contre son peuple ! Il faut que sa justice s'accomplisse.

Je voyais des villes qui n'avaient rien et dans les-

quelles les ennemis n'avaient pas pénétré. Je lui dis :
« Seigneur Jésus, ces villes sont donc moins coupables
que les autres ? » Il me répond dans sa colère : « Non,
elles sont coupables comme les autres. Je vais te le
montrer. » Et aussitôt il parut dans le ciel un gros
nuage, rouge comme le feu, d'où il sortait des flammes
qui retombaient sur nos villes pour les brûler. J'ai entendu les cris des petits enfants. Ils élevaient leurs
mains vers le ciel, en disant : « Mon Dieu, mon Dieu! »
Et les pécheurs criaient : « Pardon, Seigneur. Pardon-
nez-nous. Ayez pitié de nous. »

Après cela je dis : « Seigneur Jésus, que votre volonté
s'accomplisse, mais épargnez la ville de Tours. Souvenez-vous des vertus de saint Martin. Epargnez Tours et
la ville d'ici. » Jésus me dit : « A une condition, c'est
qu'elles se convertissent. »

J'ai vu cela lorsque les choses ont commencé. J'ai été
si effrayée, que je ne demandais pas quand serait la fin
de ces maux.

Je vis aussi la mort du méchant roi, notre ennemi, sa
race détruite entièrement.

Nos ennemis périront dans les combats. Il en mourra
beaucoup des deux côtés. Il y a beaucoup de sang répandu.

Les plus grands malheurs ne sont pas arrivés. Quand
viendront-ils? Quel jour? Cela ne m'a pas été dit; mais
nous y touchons de bien près.

Il faut prier. C'est ce qui pourra arrêter le bras de
Dieu à ce moment-là.

Les pécheurs ne se convertissent pas. Dieu va se
montrer à eux. Prions beaucoup.

Le Roi viendra après les malheurs. Ils seront finis.
C'est lui qui délivrera l'Église et le Saint-Père. Il rétablira tout dans la paix. Voilà longtemps, j'ai vu que ce
Prince montera sur le trône de France. Il ne m'en a pas
été montré d'autre que lui.

Jésus m'a montré qu'il y avait un grand nombre de mauvais prêtres. Croyez bien qu'il ne les épargnera pas plus que les autres, à moins d'une grande conversion de leur part. Ils vont se convertir ou périr.

Il faut prier pour l'Église ; car Dieu dans sa colère n'aura égard à personne. Il punira avec justice.

J'ai entendu les plaintes de Jésus au sujet de ses prêtres. Je ne puis pas vous les dire. Pour cela il m'aurait fallu les écrire au moment où Jésus me les a fait entendre. Je ne me souviens que des doulenrs que j'ai endurées et qui m'ont rendue malade.

Le 3 février 1871 :

Vous me demandez pour les événements ; je vous avoue que je n'ai pas pensé à le dire à Jésus. Jésus m'a laissée seule, parce que je ne suis pas digne de lui. Je n'ai la pensée de rien, parce que je souffre extrêmement dans mon cœur et dans mon âme. Mon corps est à peu près dans le même état. Lorsqu'une semaine est passée, j'ai besoin du sacrement de pénitence pour aller à Jésus. Je vois bien que je serai toujours ce que je suis maintenant. Cela arrive ainsi, parce que Jésus me trouve indigne de son amour. Jésus ne veut pas de moi, et vous, lorsque Jésus vous comblera de son amour, vous vous souviendrez que je suis envieuse des grâces de Jésus, mais que Jésus ne veut pas me les donner, à cause que je suis trop méprisable à ses yeux et aux yeux de tout le monde. Si vous voulez que je puisse écrire ce que vous me dites, obtenez donc que je puisse communier.

Pour les événements, Jésus vous le dira, à vous, mieux qu'à moi. Voilà bien des fois que vous me demandez ces choses ; si mon Jésus veut venir dans mon cœur, là je penserai à le lui demander.

Mon Jésus m'a pourtant montré que les méchants viendraient bien près d'ici. Cela s'est passé comme cela m'avait été montré.

J'ai vu une autre chose, que je ne comprenais guère. Cela me regarde en particulier. J'étais près des ennemis et Jésus me présentait sa croix.

Une autre fois, j'ai vu un grand combat près de nous. Ce qui a eu lieu.

J'ai été d'une faiblesse extrême, car je n'avais pas communié.

Plus il se passe de jours pour moi sans communier, plus je souffre.

Le 20 février 1871 :

Je ne sais pas si vous pourrez recevoir ma lettre.

Quant à ce que vous me demandez des événements, je vous ai dit, voilà quelque temps, que dans une nuit j'ai entendu une voix, venant d'en haut, qui m'a dit que Dieu ne voulait rien changer de ses desseins de punir son peuple, que les pécheurs ne voulaient pas se convertir, qu'il enverrait d'autres fléaux, et que la prière des justes n'avait servi qu'à prolonger sa patience et sa miséricorde envers les pécheurs.

Après cela, Jésus m'a dit que si les hommes s'étaient convertis, s'ils avaient reconnu la main de leur Dieu qui les frappait, il nous aurait épargné ces châtiments qu'il a dessein de nous envoyer après ceux que nous avons en ce moment.

Dieu attend pourtant encore. Mais les hommes sont les mêmes, et Dieu veut se montrer dans sa colère et en même temps dans sa miséricorde. A ce moment-là le pécheur pourra demander pardon à son Dieu. Tous nous demanderons pardon à Dieu.

Dans quelque temps, ce ne sera pas le jugement

dernier, mais quelque chose qui lui ressemblera de bien près. Tous nous nous en sentirons.

Les ennemis de l'Église ne chercheront plus à la persécuter, comme ils voudraient encore le faire.

Les méchants seront abaissés. Et ce Roi dont on ne veut pas en ce moment, à cause qu'il est selon le cœur de Dieu, est pourtant celui qui montera sur le trône et rétablira le Pape ; ce qui lui appartenait lui sera rendu.

Dieu veut nous rendre victorieux. Mais il faut que le pécheur revienne à son Dieu.

Jésus m'a dit aujourd'hui que le péché qui anime le plus sa colère, ce sont les outrages qu'il reçoit au sacrement de l'autel et le saint jour du dimanche, qui n'est pas sanctifié. Jésus m'a dit qu'il souffrait beaucoup de la part de ses ministres.

Je crois que Jésus veut me dire encore autre chose. Je vous le dirai si Jésus le veut. J'aurai encore le temps.

Le 28 mars 1871.

Ici on n'aime pas Jésus, même ceux qui devraient tant l'aimer et le faire aimer. Oh ! que j'ai de peine de voir ce que je vois sous mes yeux ! Tous les jours on oublie Jésus et son amour. On délaisse Jésus-Eucharistie, même ceux qui devraient mourir d'amour à ses pieds.

Qu'allons-nous devenir si on ne se convertit pas ? Tous nous avons péché, et personne ne vient aux pieds de Jésus demander pardon et miséricorde.

La France n'est pas convertie. Les pécheurs n'ont pas confessé leurs péchés, et le bon Dieu reste dans sa juste colère. Il ferait cependant miséricorde, ce serait la fin des maux, si nous nous étions convertis. Il veut bien se laisser fléchir. Il faut que les hommes avouent qu'ils ont péché. Mais ils ont perdu la tête. Ils ne savent plus ce qu'ils font, parce qu'ils ne se tournent pas vers le bon Dieu. Aussi par ce moyen-là ils forcent le bon Dieu à nous affliger encore plus, puisque ces maux n'ont pas pu ouvrir les yeux des pécheurs.

Pauvre France, qui ne veux pas reconnaître ton Dieu, tu es bien malheureuse en ce moment. Et le bon Dieu va faire tomber sur toi d'autres maux encore, si tu restes dans ton endurcissement.

Jésus m'a dit qu'il veut bien pardonner à son peuple. Mais les pécheurs ne lui demandent pas pardon. Aussi il lui faut des victimes. Le juste et le méchant, Dieu semble ne vouloir rien épargner par la peste, la famine. La récolte manquera ; mais il en mourra tant qu'il y en aura assez pour ceux qui resteront.

Lorsque les troupes seront presque toutes rentrées dans leurs foyers, nos ennemis se croiront encore les maîtres de nous ; ils voudront recommencer.

Et Paris, cette ville coupable qui doit être punie selon les desseins de Dieu, le combat y sera sanglant. Et dans ce moment-là nous devrons tous trembler d'une juste frayeur, car à ce temps-là, si Dieu abandonne son peuple de France, si le pécheur ne reconnaît pas alors son Dieu, l'ennemi sera encore maître de nous. Nos ennemis ne se retireront pas ainsi. Nos ennemis périront dans le combat, si nous implorons la puissance du Dieu des armées. Autrement ils se retireront quand ils nous auront vaincu.

Et l'Église et le Pape ! oh ! prions pour que cette persécution n'arrive pas. O mon Dieu ! permettez donc que la main des méchants ne touche pas davantage à ce qui vous est le plus cher sur la terre. Voulez-vous donc que celui qui tient votre place sur la terre, que ce chef vénéré, oh ! voulez-vous donc qu'il tombe sous le glaive des méchants ! Mon Dieu, épargnez vos prêtres, protégez-les contre la fureur des ennemis.

Ce que je veux vous dire, je vous le dis simplement.
Vous croirez ce que vous voudrez. Depuis trois semaines, Jésus me dit incessamment, et la nuit et le jour :
« Mon Église et le Pape ! » Je n'ai pas d'abord compris
ce que Jésus voulait me dire par ces deux paroles :
« l'Église et le Pape ! plus de Pape, plus d'Église ! »
disait le Sauveur en répétant les blasphèmes des
méchants. Il m'a montré qu'en cela il punira ses ministres, qui, eux aussi, ont été l'objet de sa colère.

Demandez donc à Jésus, vous aussi. Dites à Jésus
qu'il ait pitié de nous, qu'il défende l'Église. Et s'il lui
faut une victime, qu'il n'en prenne qu'une seule, dans la
personne du Pape ; ou bien dites-lui, si cela est mieux,
qu'il conserve la vie du Pape, afin qu'il puisse remonter
sur son trône, et achever le concile qu'il a commencé.

Prions donc beaucoup pour que Jésus adoucisse les
maux qu'il veut encore envoyer à son peuple.

Le 26 avril 1871 :

C'est bien malheur à la France, qui ne veut pas reconnaître son Dieu. La malédiction va tomber plus fort
que jamais. Ce peuple ne veut pas se convertir. Il faut
prier pour les prêtres. Tâchez donc d'obtenir la conversion des prêtres. Je la désire plus que celle des plus
grands pécheurs. Oh! que j'aime ces âmes de prêtres !
Je les aime plus que les autres, parce que Jésus les
aime bien plus aussi.

Redoublons de ferveur dans nos prières. Aimons Jésus
beaucoup. Ayons un grand zèle pour le bien des
âmes.

Si les prêtres ne se convertissent pas, malheur! Jésus
m'a dit bien des choses à ce sujet, que je pourrai vous
dire dans une autre lettre, si vous voulez le savoir.

Oh ! les méchants sont extrêmement méchants. Les

bons ne sont qu'à moitié bons. Point de piété, point de ferveur dans les âmes.

Jésus peut prolonger nos malheurs. Il nous en délivrera, quand nous serons convertis tous, quand les prêtres seront ce qu'ils doivent être, pleins d'amour de Dieu et de zèle pour le bien des âmes, quand les chrétiens seront de vrais chrétiens.

Prions bien, prions beaucoup.

Le 25 mai 1871 :

Depuis que nous avons tant de malheurs, depuis que la France souffre tant de maux, Jésus ne m'a pas ménagée. Il m'a montré tous ces péchés, qui sont la seule cause des châtiments que Dieu nous envoie. Si je pouvais vous rendre compte de tout et vous dire dans quel état mon âme se trouve au milieu de ce déluge de maux, je n'en finirais pas de raconter tout ce que mon âme a dû souffrir. Je ne sais pas combien une âme peut endurer de tortures ; mais je sais que la mort vaudrait bien mieux que ces défaillances de l'âme, qui semble mourir et qui vît dans une longue agonie. Mon Dieu, vous m'avez abandonnée ; mon Dieu, je ne vois plus votre amour, qui faisait de ma vie une délicieuse joie. Je vois les péchés, je vois tout ce monde qui n'est plus que corruption. Il me semble que moi je tombe aussi dans cet abîme de maux. Oh ! Jésus, faites que je meure ! Il faut mieux que je meure. Tous ces péchés me font peur. C'est une horreur à mes yeux. Mon corps est parfois dans une défaillance qui ressemble à la mort. Mon âme s'élance vers Jésus avec effort. Et Jésus m'a encore laissée dans cette terre de péché. Que je suis lasse et ennuyée !

Croyez-vous que nos malheurs seraient bientôt finis, si vous m'aviez annoncé la conversion des pécheurs de la France ?

Ne voyez-vous pas que les prédictions de la Sallette vont s'accomplir? Dieu n'a-t-il pas averti les hommes, qu'ils seraient punis à cause de leurs péchés?

Je ne puis vous dire combien je souffre à mesure que nos malheurs s'étendent de plus en plus.

Si nous ne revenons pas à Dieu, la France, ah! la France sera donc très malheureuse!

Le 16 juin 1871 :

Je n'ai que des peines. Je ne vois que les pécheurs et leurs péchés me donnent la mort. Je deviens pécheresse avec les pécheurs. Leurs péchés pèsent sur mon âme. C'est un poids immense.

Si Jésus vous a montré, comme à moi, cette croix que lui causent les péchés des hommes, si votre cœur en a goûté toute l'amertume, vous me comprendrez alors en tout ce que je voudrais vous dire à cause de cela.

Il y a tant de péchés dans les hommes, qu'il n'y a que la bonté infinie de Dieu, qui puisse avoir pitié de nous.

Avez-vous vu Jésus crucifié? S'est-il montré à vous étant sur la croix?

Dimanche, qui était la fête de Jésus, si vous saviez toutes les délices que Jésus m'a fait goûter pendant la sainte messe..... Oh! que j'aime ces Fêtes!

En cela, Jésus préparait mon âme à de nouvelles peines. Pendant la procession, j'ai été bien près de Jésus, et là on goûte un bonheur que vous connaissez bien. Cette année il en a été autrement. Vous en croirez ce que vous voudrez: par un moment mes yeux se sont fixés sur la sainte Hostie. Je ne pensais pas en ce moment-là à regarder le Saint-Sacrement. Lorsque mes yeux se sont rencontrés sur la sainte Hostie, j'ai vu

Jésus tout ensanglanté. Il remplissait toute l'Hostie. Elle n'était plus blanche, elle était rouge. J'ai tourné les yeux d'un autre côté. L'impression que j'ai éprouvée en ce moment, était grande. Et je voulais le cacher, mais cela ne s'effacera jamais de mon cœur.

Quelques moments après, j'ai regardé la sainte Hostie; je n'ai plus vu que la croix de Jésus.

En un si beau jour de fête, est-il possible de voir Jésus crucifié dans la sainte Eucharistie !

Je ne savais que penser de cela tout le reste de la journée. J'ai vu ce qui en était la cause; car, vers le soir du même jour, un peu en dehors de la ville, dans les champs, les hommes travaillaient et juraient contre Dieu.

Voilà comme on crucifie Jésus. Que je souffre à cause des pécheurs !

Pour les événements, il me semble que je vous ai dit tout ce que j'ai pu vous dire.

Ce que Jésus m'a dit? Les pécheurs ne veulent pas se convertir : Dieu les forcera bien à observer ses commandements. Ils sont insensibles, insoucieux encore envers le bon Dieu. Les malheurs n'ont rien changé de la malice de leurs cœurs pour Dieu. Que voulez-vous que Dieu fasse d'un peuple, qui ne veut pas le servir?

Il punira l'Italie. Il y aura la guerre contre les peuples coupables.

Nous n'aurons pas la fin de nos malheurs, avant que les desseins de Dieu soient accomplis. Dieu va nous frapper encore. Et ce sauveur promis ne viendra qu'à la fin des maux, celui que Dieu garde à la France.

En ce temps-là, les hommes seront obligés d'obéir. Il n'y a aura qu'un troupeau et qu'un pasteur.

Il faut bien que les hommes reconnaissent le Pontife comme le Père universel, le Roi des peuples.

La France sera rachetée encore. Elle est si coupable; que de prières il faut encore ! Que de sacrifices il faut à

Dieu! C'est la régénération du genre humain. Ce n'est pas fini. Et l'Église encore?...

Le 28 juillet 1871 :

Jésus m'a dit que les pécheurs étaient encore plus endurcis dans leurs péchés, depuis que nous avons eu tant de malheurs. Cela ne sert qu'à attirer encore plus de châtiments sur nous.

Les prédictions de la Salette ne sont qu'à moitié accomplies. Ce qui devait arriver, arrive, parce que les hommes n'ont pas voulu revenir à Dieu en ces jours-ci, où Dieu a commencé à nous frapper dans sa justice.

Ces grands événements ne doivent pas tarder à arriver. Mais Dieu est patient. Il nous avertit tous les jours. Les maladies sur les hommes, sur les biens de la terre nous avertiront encore, et nous feront comprendre que si nous ne voulons pas nous convertir, des malheurs plus grands vont venir. Les desseins du bon Dieu de punir le monde vont être accomplis. Rien ne semble pouvoir détourner sa colère sur le monde.

Il faut bien prier pour que le bon Dieu nous donne la force, le courage qu'il faudra ; car les pécheurs ne se convertiront que lorsqu'ils auront fait tout le mal possible, et que Dieu, dans sa justice, les jettera par terre.

La persécution contre la sainte Église sera encore plus grande. La Révolution lui causera tant de mal!

Cela ne durera qu'un peu de temps. Il y aura la mort de plusieurs Évêques. La mort des prêtres est plus nombreuse.

Ceux qui aiment Jésus peuvent bien désirer que ces grands événements arrivent bien vite, quoiqu'ils soient très effrayants, parce que la guerre sera terrible pour la France et l'Italie.

La France ira au secours du Pape. Heureusement

pour nous que notre Roi nous est réservé dans la miséricorde de Dieu.

Il périra beaucoup de méchants. Il en périra de bons
aussi. Prions beaucoup pour l'Église. Encore bien longtemps avant les plus grands événements.

Le 1ᵉʳ septembre 1871 :

Pour les événements, vous savez combien Jésus est
patient. Puis les maladies ne vont-elles pas venir encore
avant ?

Le 22 octobre 1871 :

Il me semble parfois que tout l'enfer est déchaîné
contre moi et que tous les péchés des hommes pèsent
sur ma tête. Et je me vois moi-même au nombre de ces
pécheurs.

Je vois la colère de Dieu s'armer contre le pécheur.
Je vois les châtiments qui vont fondre sur eux, s'ils ne
font pas pénitence. C'est un supplice affreux, qui pourrait me donner la mort. L'amour de Jésus et l'horreur
du péché est là chaque jour comme un tourment impi-
toyable et incessant. Ma propre faiblesse m'épouvante.
Et lorsque Jésus me dit : « Tiens, ressens donc dans ton
âme ce que le péché me cause de douleur, » la vue d'un
spectacle si effrayant jette mon âme dans une appréhen-
sion que je ne puis définir.

Vous savez bien que les grands événements ne sont
pas pour cette année. Les hommes ne sont pas convertis.
Dieu nous réserve des châtiments, pour un avenir qui
n'est pas éloigné. Chaque jour sa main miséricordieuse
nous frappe en nous pressant de faire pénitence, de revenir à lui.

On ne veut pas de Jésus. Préparons-nous donc à des

jours plus malheureux encore, puisqu'on ne veut pas revenir à Dieu.

Le 20 mars 1872 :

Vous me demandez ce que Jésus m'a dit des événements. Ces événements dureront aussi longtemps que nos péchés.

Vous me permettez de vous parler de la fête de Dimanche. Vous avez dû remarquer que la vie est une suite d'épreuves et de combats, de larmes et de douleurs, surtout pour un cœur qui aspire aux choses invisibles de la céleste Patrie, que l'œil de l'homme ici-bas ne peut apercevoir qu'à travers un brouillard. Cependant l'âme qui aime Jésus, goûte déjà sur la terre quelque chose du ciel.

Mon cœur est encore sous l'impression des sentiments, que j'ai éprouvés, au moment où nous avons fait notre consécration au Cœur de Jésus. C'était si beau, si touchant! Je pleurais de joie. Je croyais être au ciel.

Oh! si les pauvres pécheurs savaient le bonheur que l'on goûte à aimer le bon Dieu, s'ils savaient la joie d'un cœur pur, oh! s'ils connaissaient la bonté de Dieu, s'ils savaient vous aimer, ô mon Dieu!... S'ils vous connaissaient, ils vous aimeraient,

Notre église était magnifiquement illuminée. Cela s'est fait le soir. L'église était remplie de monde. Il y avait beaucoup d'hommes. On a chanté de beaux cantique à Jésus. Monsieur le curé a prêché sur le Cœur de Jésus et nous a montré tout l'amour de ce divin Cœur. Oh! je ne pouvais retenir mes larmes, en entendant parler de la bonté du Cœur de Jésus. Un silence profond régnait au milieu de cette assemblée réunie aux pieds des saints autels de Jésus, demandant secours et miséricorde, au milieu des dangers qui nous menacent.

Cependant nous ne faisons pas pénitence. Croyons-nous donc que Dieu soit satisfait dans sa justice et qu'il voudra bien agréer quelques marques extérieures de repentir, que nous venons lui témoigner au pied du saint Tabernacle? Non, non, bien sûr.

Voici en quelques mots ce que m'a dit Jésus la nuit de samedi à dimanche dernier. Dans cette nuit, je n'ai fait que souffrir, sans pouvoir goûter un moment de repos. Dans cet état de souffrance que j'endurais dans mon corps, mais dans mon âme surtout, mon cœur était comme un océan d'amertume et de douleur. Dieu m'a fait sentir combien il est irrité contre les pécheurs. Aussitôt je me suis trouvée comme chargée de tous les péchés des hommes. Il me semblait que les montagnes tombaient sur moi. Je me trouvais comme écrasée sous leurs poids immense. Je sentais une chaleur extrême dans tout mon être, quelque chose du feu de l'enfer. De plus, je voyais Dieu un glaive tout ensanglanté à la main, je voyais les traits menaçants de son courroux.

Au milieu de cette inondation de douleur, je ne savais pas quelle était la volonté de Dieu envers moi. Voulait-il me montrer simplement les châtiments, dont nous sommes menacés, ou bien voulait-il me traiter comme une victime de sa colère à cause des pécheurs, je ne le sais pas. Je sais que j'ai péché et que, pour une victime agréable à Dieu, il faut être pure. Je sais que j'ai vu et que j'ai senti pendant une nuit le supplice de cette pauvre victime. Un tel supplice m'a paru si affreux, que je n'ai pas consenti à le subir, car c'est horrible. C'est une chose qui ne peut se concevoir : être entre les mains d'un Dieu vengeur !

Je dois vous dire que jamais je ne parle de cela à mon confesseur. Cependant il s'est aperçu, par mes confessions, que mon âme est sous l'impression des châtiments qui menacent le pécheur. Il paraît que je porte dans mon extérieur et dans mes paroles l'impression d'une âme tombée entre les mains du Dieu des vengeances et devant subir en moi seule toute la rigueur des maux réservés à tant de péchés et de crimes.

Vous penserez ce que vous voudrez de tout cela. Cependant je n'ai pas rêvé et ce n'est pas le sommeil qui en est cause : mais je vous dis cela tout simplement.

Après cette nuit affreuse, où j'ai vu Dieu irrité contre nous, au matin je me trouvais si malade, que je craignais de ne pas pouvoir aller à la messe, où je devais avoir le bonheur de communier. Cependant le désir de recevoir Jésus me donnait des forces. Au moment de la communion, j'ai senti la présence de Jésus très sensiblement dans mon cœur. Mon action de grâces aux pieds de Jésus a duré une heure.

Pendant ce temps, Jésus m'a répété seulement ces quelques paroles : « Mon enfant, ce qu'il y a le plus à « craindre, c'est l'indifférence et la froideur de tant « d'âmes. Il y a moins à craindre de l'impiété ouverte « que de cette ingratitude d'un si grand nombre de « chrétiens. »

De plus, Jésus me dit dans le même instant, et il me l'a redit, au moment de la Consécration à son divin Cœur : « Par cette Consécration de la France à mon « Cœur, je n'abandonne pas la France pour toujours. « C'est la crainte qui la fait agir en ce moment et qui « la porte à me donner ce témoignage d'Amour. Si je « devais punir son orgueil, comme j'ai puni l'orgueil « des Anges, il n'y aurait plus pour elle de pardon, car « la mesure de ses iniquités est montée à son comble. « Si elle ne fait pénitence, je la détruirai entièrement. »

Jésus m'a dit qu'il épargnerait les bons, comme pour former un nouveau monde. Mais cependant il en périra un grand nombre. Le nombre des méchants sera plus grand encore.

Beaucoup de couvents seront au pouvoir de l'ennemi. La révolution fera beaucoup de mal à la religion.

Dieu veut punir aussi les religieux, qui ne sont pas selon son cœur, les religieux, les prêtres, qui ne sont pas vraiment de bons prêtres.

Il y aura des bons qui seront mis à mort, car Dieu veut de pures victimes.

Paris sera un vrai carnage.

Aux premiers troubles qui auront lieu, nous serons encore soumis au pouvoir de l'ennemi. Nous serons encore sans force et sans défense. L'ennemi s'emparera de nous comme on s'empare d'un esclave. Il voudra échanger avec nous, nous donner celui qui a été l'instrument dont Dieu s'est servi pour punir son peuple. Mais nous n'en voudrons pas. Là tout sera renversé sans-dessus-dessous. Nous croirons tout perdu. Le massacre sera grand.

Avant cela, nous resterons quelque temps au pouvoir de l'ennemi. Là, notre grande misère nous fera recourir au Dieu juste et plein de miséricorde envers le pécheur. Et ce n'est qu'après ces malheurs que le Roi viendra pour nous sauver. C'est lui qui remettra la France dans sa première grandeur. Il est selon le cœur de Dieu.

Avant ce temps-là, la France aura à subir de grandes humiliations.

Tant que nos péchés dureront, nos malheurs ne finiront pas. Ce qui s'est passé n'est rien près de ce qui va arriver. Nous avons vu les villes incendiées : la révolution est plus terrible. Combien de sang va être versé !

Gémissons de voir que nous touchons au commencement de si grands malheurs et que le pécheur n'est pas repentant. Nous ne faisons pas pénitence.

Humilions-nous, et Jésus nous pardonnera. C'est l'orgueil qui attire les châtiments de Jésus.

Le 28 mars 1872 :

Plaintes de Jésus à cause du prêtre.

Voilà quelque temps de cela, un jour que j'entrais à l'église, vers dix heures du matin, Jésus était seul et délaissé. Après m'être agenouillée et l'avoir adoré dans son sacrement d'Amour, mon âme a été saisie d'une grande peine, sans en savoir le motif. Mais bientôt j'ai entendu la voix du Bien-Aimé qui ne ressemblait pas à une voix humaine. C'était la voix de Jésus qui se plaignait à moi du fond de son tabernacle.

Jésus me dit plusieurs fois le mot : Prêtres, prêtres ! Je ne comprenais pas. Je demandai à Jésus ce que cela voulait dire. Jésus m'a répondu et m'a dit d'une voix triste et lamentable : « Mon enfant, je gémis sur l'in-
« gratitude de mes prêtres envers moi, envers les âmes,
« Les prêtres s'occupent de tout, hormis d'une seule
« chose, mon Amour. Ils me délaissent, et, en me dé-
« laissant, ils abandonnent les âmes, qui me sont si
« chères. »

Ensuite Jésus me montra en quoi le prêtre lui cause plus de peine. Il me dit aussi la cause du relâchement du prêtre, et que par là le prêtre courait à sa perte et en même temps à la perte de tant d'âmes ! Il me dit aussi comment il punirait le prêtre infidèle à son Amour.

J'ai remarqué que tout ce qui afflige le plus le cœur de Jésus, c'était que personne ou du moins très peu ne pensent à sauver les âmes.

En même temps je ressentais dans mon âme la souffrance du Cœur de Jésus. Tout ce que Jésus me disait du prêtre, passait dans mon cœur, en me faisant ressentir tout l'amour du Cœur de Jésus envers le prêtre. En même temps je sentais toute la malice du prêtre, qui ne voulait pas répondre · à l'Amour de Jésus.

La première peine du Cœur de Jésus vient du peu de disposition d'un grand nombre de prêtres pour offrir le saint sacrifice de la messe. Ils n'apportent pas toute la ferveur et la dévotion que réclame une si grande action. Jésus se plaint qu'ils prennent trop peu de temps pour se préparer aux saints mystères. De là vient qu'ils sont assaillis de distractions pendant qu'ils sont au saint autel. Beaucoup sont trop prompts. Jésus se plaint qu'ils ne font presque pas d'action de grâces. Après avoir célébré et consacré, avoir communié, ils ne pensent même pas à remercier la grande bonté de Jésus euvers eux. Jésus me dit que beaucoup de prêtres manquent de faire l'action de grâces, après avoir dit la messe. Cela arrive quelquefois dans des occasions où ils auraient pu trouver un moment pour remercier Jésus. Enfin il y a de leur faute, et cela blesse le cœur de Jésus, car Jésus demande beaucoup de reconnaissance à celui à qui il a donné plus de grâces.

Le malheur du prêtre, c'est de ne pas assez veiller sur lui-même, sur ses actions, sur ses paroles, sur ses pensées. Oh ! le prêtre, s'il ne fait pas attention à ce qu'il fait, s'il ne veille pas sur son âme avec un soin extrême, bientôt il déchoira de sa première ferveur. Et il tombe chaque jour de négligences en négligences, de petites fautes en petites fautes. Il se dit : cela n'est rien. Et cependant, avec de telles dispositions, il ne lui faudra qu'un pas pour tomber dans de grandes fautes, contre lesquelles la grâce de Dieu ne le prévient pas, parce qu'il a été négligent dans les petites choses.

Le malheur du prêtre, c'est donc de ne pas faire attention à la messe. Les saints ont compris que, pour dire la messe, il faudrait être un séraphin, un saint consumé d'Amour. Et lorsque l'on a dans le cœur un peu d'Amour pour Jésus, on ne peut pas comprendre comment un prêtre peut dire la messe comme il ferait une action ordinaire, ou la dire par habitude, ou passer plusieurs jours sans dire la messe sans raison grave. Quel grand malheur pour le prêtre! quelle perte pour les peuples !

C'est là ce qui afflige infiniment le Cœur de Jésus. C'est là ce qu'il punira dans le prêtre et punira sévèrement.

Quelle responsabilité pour un prêtre, de paraître devant le tribunal de Dieu, après avoir dit un grand nombre de messes avec si peu de ferveur ! Et quelquefois il le punira même dans ce monde. S'il l'abandonne à lui-même, c'est à cause de cela. Et s'il permet qu'il tombe quelquefois dans de grands péchés, c'est pour le punir de n'avoir pas bien dit la messe.

C'est là le point de départ des faiblesses que nous rencontrons trop souvent dans la vie du prêtre.

Non, non, ce n'est point moi qui ai imaginé et inventé les paroles que je vous transmets. Non, bien sûr. Mais c'est Jésus qui se plaint et qui fait entendre sa voix bien-aimée. Il crie aux prêtres et il leur fait cette plainte d'amour : « O vous, vous, mes prêtres, que j'ai
« tant aimés, que j'ai choisis comme des perles très
« précieuses, comme un diamant très cher à mon cœur!
« Je vous ai tirés de la foule des hommes pour vous en-
« richir de mes grâces et de mon amour. Et vous aussi,
« voulez-vous donc méconnaître mon Amour et oublier
« mes bienfaits! Vous étiez mes amis privilégiés et
« voilà que vous abusez de mes dons. Vous aussi, vous
« voulez goûter à cette coupe empoisonnée du mensonge
« et de l'iniquité. Le démon de l'orgueil est entré dans
« votre cœur. Et ce péché d'orgueil fait d'affreux ravages

« dans le monde. Il perd le monde, il perd les âmes, il
« perd le prêtre. Il refroidit mon Amour dans leur
cœur. »

Le 18 janvier 1873 :

Vous parlez de la difficulté de faire aimer Jésus. Cela
doit être en ce moment, car nous sommes sous les coups
du céleste courroux. Et Jésus le permet aussi, pour que
tout ce qui a été dit, soit accompli. Lorsque Dieu veut
punir tout un peuple, il lui donne un mauvais roi. De
même lorsqu'il punit une nation, il lui envoie des ministres dans le relâchement. Et les scandales ébranlent
tout un peuple dans sa foi et doivent le faire trembler,
en pensant quel sera l'avenir de toutes ces choses si dé-
solantes. Dieu punit une société par des ministres indignes du culte de nos autels. Voilà pourquoi de nos
jours, il est très difficile, pour ne pas dire impossible
de ramener les âmes vers Dieu.

Tout ce peuple ne se convertira que lorsque la colère
du Très-Haut éclatera sur nos têtes coupables. Il faut
bien que les prédictions de nos saints livres s'accom-
plissent.

Vous voyez combien Jésus est bon et patient. Il ne
fait pas éclater tout d'un coup les châtiments, que nous
avons mérités à cause de nos péchés. Jésus nous avertit,
il nous presse de tourner vers lui nos regards, en nous
montrant qu'il est prêt à nous faire miséricorde, si
nous voulons faire pénitence de nos péchés, avec la résolution de l'aimer et de le servir. Mais le cœur de
l'homme est sourd à la voix de son Dieu. Le cœur
humain croit pouvoir se passer de Dieu. Mais il ressemble au voyageur égaré dans un désert aride, loin de
sa patrie.

Vous demandez quelles seront les suites, quels seront

les effets d'un pareil oubli de Dieu. Jésus m'a montré ce qu'il réserve à ce peuple coupable, à la France malheureuse.

Pour celui qui croit fermement en Dieu, les malheurs des temps à venir ne lui sont pas étrangers.

Ces grands événements, que nous attendons depuis longtemps et dont vous demandez des détails, je vous en ai parlé déjà. Je vous ai dit que la révolution éclaterait en France. Pour cette année il y aura bien des troubles, mais le grand coup, ce qui sera le plus terrible, n'est pas pour cette année. Vers la fin de cette année, nous pourrons craindre.

La révolution fera beaucoup de mal à l'Église, dans les couvents des religieux, des religieuses. A Paris surtout le bouleversement sera terrible.

Notre diocèse n'aura pas beaucoup à souffrir de la révolution. Mais à Paris, les prêtres seront mis à mort. Dans les autres villes, on cherchera les religieux.

Les méchants voudront incendier nos églises, détruire les institutions chrétiennes. Ils voudront tout ruiner et faire disparaître tout sous ces ruines, pour y planter l'hérésie et le mensonge.

Ils seront bien les vainqueurs pendant quelque temps. Ils viendront saccager nos temples, détruire à moitié nos saintes maisons. Beaucoup mourront de frayeur.

Les pèlerinages au sanctuaire de Lourdes, cette grande manifestation de notre confiance envers la très sainte Vierge, nous sera une grande protection.

La France ne sera pas détruite. La France si coupable, si peu repentante, Dieu, dans sa justice, l'aurait détruite et effacée de son souvenir. Le sang des justes et des Saints aurait coulé en abondance. Mais qu'importe? La justice de Dieu aurait été satisfaite. Mais Dieu, dans sa miséricorde, ne perdra pas le peuple de la France. En l'écrasant sous le poids du malheur, il veut la sauver.

Et la Vierge Marie fléchira le céleste courroux. La sainte Vierge prie pour nous. Ce n'est pas en vain qu'elle est apparue à la terre pour nous avertir des malheurs, qui nous menaçaient. Marie n'oubliera pas celui qui l'a proclamée Immaculée. C'est bien là ce qui attire la protection de Marie sur l'Église de Dieu. On verra un jour éclater son triomphe.

Dieu semble abandonner la France au pouvoir de l'ennemi. Il nous retire sa protection, afin de nous humilier. Nous avons péché, il est bien juste que nous soyons humiliés. Et bientôt, lorsque les coups de la justice de Dieu se feront sentir, on s'empressera de consacrer la France entière au Cœur de Jésus.

Avec cela, nous pouvons espérer que nous serons sauvés, mais après bien des malheurs. Le sang de nos frères coulera en abondance. Mais il faudra aussi qu'un sang pur et innocent soit répandu. Il faudra le sang de ces âmes consacrées à Dieu, le sang des enfants. Il faut des victimes dignes de Dieu.

Il n'y a pas que la France qui est coupable. Elle ne sera pas la seule punie. D'autres peuples vont se troubler en même temps. Ce sont deux, trois années d'angoisses et d'affreuses douleurs qu'il faut pourtant subir. Nos péchés l'ont mérité.

Après ces temps malheureux, la religion fleurira dans le monde entier ; et Dieu et son Église seront servis et aimés.

La guerre avec nos ennemis, les Prussiens, recommencera. Elle ne durera pas longtemps. Le méchant roi sera vaincu. Ils périront presque tous dans les combats.

Prions, en attendant que le Seigneur Jésus vienne visiter son peuple. Demandons que son nom soit béni par tout le monde. Sans doute craignons la colère du Très-Haut, du Dieu trois fois saint, qui trouve des taches dans ses anges ; nous pourrons trembler et craindre pour nos âmes coupables. Mais pour convertir tous ces peuples, il faut que Dieu, dans sa miséricorde, nous envoie le fracas du tonnerre.

Tout cela demande encore quelque temps.

Le 26 avril 1873 :

Au Cœur de Jésus, sauveur de la France et de l'Église, confiance et amour !

Au Cœur de Marie-Immaculée, espérance des cœurs chrétiens !

Amour à Marie-Immaculée, sauvegarde de la France !

Priez pour nous, ô Marie, et sauvez-nous.

Quelques instants encore, et l'ennemi de nos âmes, qui est aussi celui de notre patrie, allait l'anéantir su la terre. Mais du sein des tribulations qui nous environnent de toutes parts, ô Jésus, nous crions à votre Cœur. Nos cœurs ont fait violence à votre Cœur. O Jésus, rappelez-vous les promesses faites à la nation privilégiée, qui la première a adoré votre divin Cœur. O Cœur de Jésus, vos anciennes miséricordes nous sont un gage de celles que vous réservez pour les jours présents.

Oui, si Jésus se plaît à nous conduire encore jusqu'aux portes de la mort, c'est pour nous ramener à la vie avec plus de gloire, c'est pour manifester avec plus d'éclat son pouvoir et son Amour. Vaincus par tant de témoignages de pardon et de miséricorde, tous les cœurs viendront se rendre à son empire.

Dieu, dans sa justice, punit l'humanité coupable. Dieu, dans sa miséricorde, lui offre un pardon à son repentir. Dieu le Père voulait perdre l'humanité. Les péchés des hommes ont attiré son céleste courroux sur nos têtes coupables. La punition suit le péché ; et le pécheur peut trembler de tomber entre les mains du Dieu tout-puissant et justement irrité contre lui. Mais Dieu, dans sa bonté, aura encore, même dans sa justice, des entrailles de compassion pour l'humanité coupable. Il veut pardonner les péchés des hommes. Il veut les sauver. Il a pitié de la race humaine en vertu des mérites de son divin Fils Jésus.

Le sang de Jésus ne coula pas en vain au jour de sa mort sur la croix. De même aujourd'hui, sur l'autel, au saint sacrifice de la messe, le sang de Jésus demande pardon pour les péchés du monde entier. Ce sang divin s'offre chaque jour au Père céleste comme une victime expiatrice. Tant que le sang de Jésus coulera au saint sacrifice de la messe, Dieu ne pourra pas perdre l'humanité. Mais nous pouvons tout espérer de sa justice et de sa miséricorde.

S'il nous frappe, c'est pour nous ramener à son Amour et nous pardonner nos péchés.

Nous devons tout espérer du Cœur de Jésus, de ce Cœur adorable qui veut nos cœurs et qui les attend. C'est ce Cœur de Jésus qui a tant aimé les hommes et qui, pour les sauver, n'a pas craint de souffrir les supplices les plus affreux. Il nous a sauvés de la mort éternelle, en mourant pour nous sur la croix. Jésus est donc notre Sauveur, une fois en nous rachetant du péché de nos premiers parents ; mais Jésus est toujours notre Sauveur. Aujourd'hui encore il veut nous sauver du céleste courroux. Mais il veut que nos cœurs soient repentants. Il veut que nous allions à lui avec les larmes du repentir, avec un cœur brisé et humilié. Et son Cœur plein d'Amour et de tendresse pour les hommes, nous obtiendra pardon et miséricorde. Cœur de Jésus, sauveznous. Que votre sang divin purifie le monde entier. Qu'il soit régénéré encore une fois et que nos péchés soient effacés par les mérites de votre sang divin, qui tous les jours se répand sur l'autel de l'Amour et du sacrifice.

Lorsque Adam eut désobéi à Dieu, son péché fut si grand, que Dieu résolut de le perdre, lui et tous ses descendants; car il ne voyait pas sur la terre une victime digne de sa grandeur et capable d'effacer le péché commis par notre premier père. Mais Dieu ne voulait pas détruire son ouvrage. Alors il nous donna Jésus, son Fils unique, seul capable de nous réconcilier avec Dieu.

Sans doute que Dieu, dans ses desseins éternels, avait prévu les faiblesses de l'homme, avait prévu que de tout temps l'homme aurait besoin de pardon, de miséricorde, car l'homme tomberait toujours dans le péché. Dieu avait prévu l'homme pécheur, sujet à la corruption, l'homme se révoltant toujours contre Dieu, l'homme, faible créature que Dieu créa pour sa gloire et pour son service. Qu'est-ce que l'homme devant Dieu ? Qu'est-ce que l'homme ? Un néant, un grain de poussière que le vent emporte. Qu'est-ce que Dieu ? C'est un être infini. Et cet être infini dans ses grandeurs, dans ses perfections, dans sa toute-puissance, ce Dieu infiniment saint aurait-il pu supporter d'être offensé par l'homme, cet être qu'il a créé par un pur effet de sa bonté? Non, Dieu n'aurait pu voir l'homme, qu'il avait comblé de son amour, le payer d'ingratitude. Il l'aurait anéanti.

Mais l'homme est l'ouvrage de Dieu, son image, sa ressemblance, Dieu ne voulut pas détruire ce qu'il avait fait. Et le seul remède à nos malheurs était de nous donner son Fils unique, l'objet de ses complaisances et de son Amour.

Dans le péché de notre père Adam, Dieu a vu ce que serait la faiblesse de l'humanité. Il a vu que dans tous les temps, nous aurions besoin d'un Sauveur, puisque Dieu permet le péché pour punir l'homme, qui a perdu sa première beauté, puisque la vie de l'homme sur la terre n'est que péché et misère. L'homme est sujet à toutes sortes de faiblesses. Au milieu de tant d'infirmités, dont l'homme ne sera jamais exempt, tant qu'il sera sur la terre, à qui aurons-nous recours et quel remède apporter à notre détresse ? Dieu avait prévu tous nos maux : il nous donna Jésus, son Fils unique.

Dieu avait vu dans le temps présent, dans le temps à venir, que la terre serait inondée par un déluge de péchés. Donc le monde aurait besoin d'être racheté, non pas une fois, mais des millions de fois. A chaque homme qui naîtrait sur la terre, il faudrait un rachat ; il faudrait payer la dette qu'il a contractée envers Dieu, comme étant héritier et enfant d'Adam.

Mais comme nous sommes trop indignes de la majesté de Dieu et que sa grandeur l'emporte de beaucoup au-dessus de nos mérites, Jésus s'est donc fait notre rançon. Jésus veut nous racheter, non pas une fois, mais dans tous les temps, tous les jours de notre vie, et surtout à cette heure, où l'humanité entière semble trembler sous les coups de la justice divine, parce que le péché est à son comble et que Dieu, dans sa justice, doit ou détruire l'humanité, ou lui faire miséricorde.

C'est à ce moment, ô chrétiens, qu'il faut chercher votre Rédempteur, votre Sauveur. C'est dans ces jours malheureux qu'il faut chercher un refuge, un soutien, un appui. Au milieu de votre ruine totale, il vous faut un conseiller, un consolateur. Il vous faut enfin un défenseur contre l'ennemi acharné à votre perte.

O peuple français, ô toi si humilié, si abaissé sous la main de tes ennemis, sous la main d'une nation étrangère à ton culte, à ton Dieu (mais Dieu a voulu se servir d'eux pour te punir), au sein de tes malheurs, à qui auras-tu recours ? Mettras-tu ta confiance dans la force de tes armes ? Espéreras-tu être vainqueur de tes ennemis par la puissance de tes guerriers, armés à la défense de ton pouvoir ? Peuple français, as-tu mis ton génie au bout de l'épée qui pourra atteindre ton ennemi ? Veux-tu paraître devant l'ennemi avec ton front orgueilleux et la conscience souillée de crimes ? Espères-tu humilier ton ennemi et le soumettre à ton pouvoir, lorsque toi-même tu t'es révolté contre Dieu, contre celui qui se dit le Dieu des armées ? Tu as foulé à tes pieds sa loi et ses commandements. Tu as oublié son nom. Et avec ton audace, tu veux aller affronter ton ennemi, cet ennemi que Dieu a envoyé vers toi pour te punir. Espères-tu encore que le nombre de tes enfants, rangés sous ton drapeau, sera ta force et ton rempart ? Espères-tu encore avec ton or et ton argent te défaire de tes ennemis et trouver la paix ? Il acceptera bien encore de ton or comme gage de la paix ; mais après quelque temps, il reviendra avec plus d'acharnement, arrachant de ton sein ce que tu avais de plus cher, et se rendra encore maître de tes dépouilles.

O peuple aveugle, tu as oublié ton Dieu. Et aujourd'hui, au sein de ton malheur, tu ne veux pas reconnaître la main divine qui te frappe et qui te châtie, parce qu'elle t'aime encore.

O peuple chéri de Dieu, combien resteras-tu encore dans ton endurcissement ? Ne reconnais-tu pas la cause de tes malheurs ? Regarde et vois. C'est ton péché, qui a éloigné Dieu de ton enceinte. Tu n'es plus comme autrefois l'objet de ses complaisances. Tu es devenu l'objet de sa haine. Aussi il ne t'a pas protégé au milieu de tes combats. Ton ennemi a remporté la victoire. Et toi, tu as courbé la tête, tu as été humilié sous sa puissance. Et, en te regardant, il pouvait te dire : « O France, toi qui « t'enorgueillissais de ton nom et de ta puissance, en « ce moment où est ton Dieu ? Il t'a abandonnée au pouvoir de tes ennemis. »

Peuple de Dieu, toi qui te faisais honneur de porter ce nom, tu pouvais te dire heureux, tant que tu as servi ton Dieu ! Mais, dans tes jours de prospérité, tu

as trop aimé ton plaisir, tu as aimé le péché, et tu n'as
plus aimé ton Dieu. Tu t'es dit, toi et tes enfants : « Jouis-
« sons de la vie. Asseyons-nous à une bonne table. Bu-
« vons, mangeons, enivrons-nous de plaisirs. Profitons
« du temps, il est court. » Et ton Dieu, tu l'as chassé
de ta maison et de ton cœur. Tu lui as préféré le péché.
Maintenant tu te fais honneur de servir Satan. Depuis
longtemps tu vis à sa table. Tu as abandonné la maison de ton Dieu.

Tu as cru pouvoir te passer de Dieu. Tu t'es cru assez
fort, assez puissant pour combattre tes ennemis. Et, à
cause de ta folle imagination pleine d'orgueil, Dieu t'a
laissé à toi-même, à tes propres forces. Et voilà que tu es
devenu un pauvre roseau agité par la tempête. Ton ennemi t'a surpris dans ton péché, et il a été maître de toi.

Pauvre France, pauvre peuple, pour te tirer de
l'abîme où tu es tombé, il te faut une puissance toute
divine. Tu dois le reconnaître en ce moment, si Dieu
ne vient à ton secours, tu peux t'attendre à périr
entre les mains de ton ennemi. Dieu peut te retirer
ce qu'il t'avait donné et dont tu as abusé. Il peut retirer
la foi de ton enceinte et la donner à un autre peuple plus
digne de son amour que toi. Par ton péché, tu l'as
chassé de ton cœur. Mais reviens, reviens à ton Dieu.
Prie et pleure amèrement ton péché. Et son cœur sera
touché. Regarde le Cœur de Jésus : c'est ton sauveur.
C'est ce Cœur adorable qui peut te sauver. Espère encore, espère toujours.

O peuple chrétien, espère par le Cœur de Jésus. Son
sang divin qui coule sur l'autel du sacrifice, retient le
bras de Dieu qui veut s'appesantir sur nos têtes coupables.

Oh ! que te faut-il encore pour te ramener à ton Dieu ?
Veux-tu entendre le fracas de son tonnerre pour sortir
de ton sommeil de mort ?

O chrétiens, vous qui portez ce beau nom, où est votre foi ? Vous n'êtes chrétiens que de nom ; votre cœur, vous l'avez livré au dieu de l'argent et du plaisir.

O enfants de Dieu et de la sainte Église, confessez vos péchés, et le Cœur de Jésus vous promet pardon et miséricorde. Ce Cœur de Jésus, vous l'avez oublié, outragé ; vous ne l'avez pas aimé Mais vous méprisez son Amour.

Cependant ne désespérez pas, tout n'est pas perdu. Le Cœur de Jésus est là : il veut vous sauver. Convertissons-nous et nous serons sauvés. Pleurons nos péchés, pleurons sur le malheur de notre France qui est dans la peine, parce qu'elle a offensé le Cœur de Jésus.

Peuple de France, peuple chrétien, à genoux au pied des autels ! à genoux devant le Dieu des victoires, devant le Dieu qui est fort et puissant, et qui donne la victoire au sein des batailles à celui qui combat en son nom !

Venez, enfants, demandez au Cœur de Jésus qu'il protège la sainte Église. Priez, car le secours ne nous sera donné que si nous supplions sans cesse le Cœur de Jésus de pardonner à nos cœurs coupables.

Espérons être victorieux de nos ennemis en invoquant le Cœur de Jésus.

Si nous voulons être sauvés, consacrons-nous au Cœur de Jésus. Que nos cœurs, que nos temples, que nos maisons soient consacrés au Cœur de Jésus. Mettons toute notre espérance dans le Cœur de Jésus. Que nos cités, que le beau pays de la France espèrent dans le Cœur de Jésus, qui peut tout sauver.

Et vous, jeune homme, qui êtes appelé à quitter votre famille pour la défense de la patrie, mettez-vous sous la protection du Cœur de Jésus.

Au sein des batailles, que le cri de victoire soit : Vive le Cœur de Jésus ! Criez vers ce Cœur adorable, et la victoire vous est assurée.

Cœur de Jésus, regardez-vos enfants, et n'oubliez pas, ô Jésus, que vous vous êtes fait homme pour les racheter de la mort éternelle.

Cœur de Jésus, immolé dans l'eucharistie, sauvez la France. Convertissez-la. Rendez-lui sa foi primitive. Rendez-lui sa force et sa puissance. Soyez son appui. Soutenez-la dans la lutte acharnée de ses ennemis. O Jésus, cachez-la dans votre divin Cœur, et là, elle sera à couvert du céleste courroux.

Cœur de Jésus, qui aimez les hommes et qui voulez en être aimé, sauvez l'Église, votre épouse chérie.

Cœur de Jésus, soyez le guide et l'appui de ceux qui combattent pour la sainte Église.

Cœur de Jésus, regardez favorablement tous ceux qui espèrent en vous.

Cœur de Jésus, notre espérance au milieu de nos malheurs.

Cœur de Jésus, notre défenseur.

Cœur de Jésus, ressource assurée des cœurs chrétiens.

Cœur de Jésus, forteresse invincible contre nos ennemis.

Cœur de Jésus, cri de victoire.

Cœur de Jésus, le désir de nos cœurs.

Cœur de Jésus, lumière de tous ceux qui vous invoquent avec confiance.

Cœur de Jésus, la joie des cœurs qui se confient en vous.

Cœur de Jésus, en vous nous mettons notre confiance.

Cœur de Jésus, en vous la France espère.

Cœur de Jésus, de vous l'Église attend sa délivrance.

Cœur de Jésus, de vous nous espérons que la foi revive dans les âmes.

Cœur de Jésus, de vous nous attendons que les pécheurs reviendront à Dieu.

Cœur adorable, de vous nous espérons la prompte délivrance des âmes mortes à la grâce.

Cœur de Jésus, délices des saints, soyez le refuge des pécheurs repentants. Attirez-les à vous. Que les flammes de votre Amour les pénètrent et les transforment, en les amenant devant vous.

Cœur de Jésus, qui priez sans cesse pour les pécheurs, convertissez-les, ressuscitez-les à la vie de la grâce, afin qu'ils ne vivent plus que pour vous.

Cœur, source féconde de grâces et de salut, faites-vous connaître, et vous serez aimé.

Peuples chrétiens, qu'êtes-vous devenus? Pourquoi avez-vous quitté le chemin du devoir et de la vertu? Depuis longtemps vous oubliez votre destinée éternelle. Vos yeux se sont laissés fasciner par le démon du mensonge et de la vanité. Et Dieu, et la vertu, vous les avez mis de côté ; et mon Jésus, vous l'avez oublié.

Ah ! vous surtout, pauvre jeunesse. Oh ! quoi ? vous n'avez pas aimé le Cœur de Jésus ! Vous l'avez abandonné pour en aimer un autre, pour aimer un cœur qui vous a trompé, un cœur qui n'était pas digne de votre cœur ; et aujourd'hui, vous aussi, vous pleurez sur les malheurs qui tombent sur la France. Mais regardez en vous-mêmes. Voyez où vous en êtes avec votre Dieu. Vous lui avez préféré l'amour des créatures. O Cœur de mon Jésus, brillez donc dans les cœurs de ceux qui sont encore jeunes. O Jésus, resplendissez de beauté, soyez plus brillant que le soleil dans tout son éclat. Montrez-vous dans les âmes. Cœur aimable de mon Jésus, ô vous que les hommes savent si peu aimer ! Que cette pensée émeut mon cœur et fait couler mes larmes ! Jésus, vous n'êtes pas aimé, et cependant nous devons vous aimer plus que tout ce qui est sur la terre. Cœur de Jésus, plus aimable que tout ce qu'il y a d'aimable, pourquoi les cœurs se laissent-ils entraîner si facilement

par les charmes de la créature? Mon Jésus, ô vous,
n'êtes-vous pas plus charmant, plus attrayant que
l'homme par lui-même? Et cependant, combien qui se
donnent beaucoup de peine pour plaire aux hommes?
Mais pour vous, Cœur de Jésus, on vous délaisse, on
n'aime pas votre amour. Pauvres âmes, elles sont mal-
heureuses de ne pas vous aimer. Ce qu'elles aiment en
dehors de vous, sera le plaisir d'un moment, et après,
leur cœur sera abandonné à lui-même, sans consolation.

O Cœur de Jésus, pourquoi les hommes n'ont-ils pas
entendu l'appel de votre Amour? Aujourd'hui qu'ils sont
malheureux, ils ont recours à vous, ils vous appellent
du fond de leurs misères. O Jésus, venez à eux, secou-
rez-les, amenez-les à vous.

Cœur de Jésus, brillant de gloire et d'Amour, laissez-
vous toucher par les larmes de ceux qui vous demandent
pardon et qui vous prient d'intercéder pour nous près
du trône de votre Père céleste.

Cœur de Jésus, qui voulez nos cœurs, à qui iront-ils,
ces cœurs, s'ils ne vont à vous? Ils vont donc enfin vous
aimer, après vous avoir si longtemps oublié. Ils vont
renaître, ces peuples qui avaient voulu vous chasser
de leurs demeures. Ils vont donc enfin reconnaître que
vous êtes seul la vie et le bonheur. Depuis de longues
années, ils ne savaient plus vous aimer. Aussi leur
cœur s'est amoindri. Ils sont devenus semblables aux
bêtes de somme. Mais les voilà semblables à l'enfant
prodigue, qui est malheureux loin de la maison pater-
nelle, qui reconnaît son malheur ; il crie vers son père,
qui veut bien pardonner à son fils repentant. Voilà le
Cœur de Jésus, plus tendre, plus compatissant à nos
malheurs, que ne le serait le plus tendre des pères
envers son enfant.

O Dieu, vous qui, au jour de vos vengeances, avez
épargné votre peuple choisi, aujourd'hui, quand vous

voyez ces signes de l'amour de Jésus, ce Cœur, cette plaie, ce sang et cette eau, qui sortirent avec la lance du côté de Jésus, seriez-vous moins favorable au chrétien qui vous implore ?

O Cœur de Jésus, parlez pour nous. Renouvelez, s'il le faut, les miracles de la loi ancienne. Faites-en de plus grands encore, en faveur de ceux qui attendent tout de vous pour la délivrance de notre France.

O Jésus, nos cœurs espèrent en vous. Sauvez-nous, et nos cœurs sont à vous pour toujours.

O Jésus, vous pouvez faire ce miracle, convertir les cœurs, les attirer à vous. Les frapper de votre main divine, c'est les appeler à votre amour.

Sans vous, ô Jésus, il n'y a point de bonheur, point de joie sur la terre. Nous sommes faits pour vous aimer. Et le cœur qui est loin de vous est vraiment malheureux. Et cependant l'homme semble fuir son bonheur.

O Jésus, lorsque je réfléchis et que je vois combien les hommes ont de peine pour se donner à vous, pour vous donner leur cœur, je ne puis pas comprendre qu'il faille se faire violence pour vous aimer. Et cependant, pour la plupart des hommes, voilà où ils en sont. O Jésus, ô mon Dieu, vous le permettez ainsi : j'adore vos desseins éternels. Mais aussi je suis contente de voir que mon cœur n'aime que vous, n'a jamais aimé d'autres que vous. Votre Amour me suffit. O Jésus, mon Dieu, mon amour, vous m'avez donné un cœur qui vous aime. Je n'ai pas su autre chose que vous aimer. Mon cœur est encore tel que vous me l'avez donné au premier jour de ma vie sur la terre. O Jésus, conservez mon cœur dans votre Amour. Jésus, soyez toujours mon Amour et ma vie. Que les souffrances, les peines de la vie ne m'éloignent jamais de votre divin cœur ; mais que mon cœur vous aime toujours de plus en plus. Je vois dans mon cœur combien on est heureux d'aimer Jésus, mais aussi combien Jésus est digne d'être aimé.

O cœur de Jésus, ô vous, notre force contre l'ennemi de notre salut, ô Cœur sacré de Jésus, victime d'Amour, convertissez la France et sauvez-la. Cœur de Jésus, qui avez versé des larmes sur Jérusalem infidèle, Cœur de Jésus, pardonnez à la France coupable. Cœur de Jésus, par votre agonie mortelle, pardonnez à nos cœurs humiliés et repentants. Cœur de Jésus, expirant d'amour pour les âmes, accordez-nous la grâce de vous servir, de vous aimer.

Le Cœur de Jésus est la félicité des bienheureux dans le ciel. Le Cœur de Jésus est aussi l'espérance du pardon pour le pauvre pécheur sur la terre. Là, dans l'eucharistie, est le cœur de Jésus.

Pécheurs, allons au Cœur de Jésus. Ce cœur vous attend, il vous invite. Jésus vous dit : « Mon enfant, donne-moi ton cœur. » Oh! qui pourrait refuser Jésus ? qui voudrait ne pas donner son cœur à celui qui le demande avec tant d'instance ? Et cependant combien d'âmes qui refusent mon Jésus ! Ils ne veulent pas vous aimer, ô Jésus, vous l'amour même. Mais votre divin Cœur ne cesse jamais de battre par amour pour nous. Vous avez dû, ô aimable Jésus, vous fatiguer de notre longue attente. Et, vous avez trouvé le moyen de prendre nos cœurs. C'est au milieu de notre détresse que vous avez trouvé le moyen de vous faire une entrée dans le cœur de vos enfants. O Cœur de Jésus, mille fois digne d'être aimé, les plaisirs de la terre perdaient le cœur de vos enfants. Leurs prospérités dans les biens de la terre ont été cause qu'ils n'ont pas pensé à vous aimer et que leur cœur a couru à de vains plaisirs. Mais aujourd'hui ils reconnaissent leur malheur de vous avoir abandonné, et ils ont recours à vous. O Jésus, votre Cœur si bon, si miséricordieux, pardonnera à nos cœurs.

Cœur de Jésus, ô vous qui avez pleuré sur la mort de Lazare, votre ami, ô Jésus, regardez ces âmes qui reconnaissent leur malheur et qui implorent leur pardon. Cœur de Jésus, ayez pitié de cette pauvre jeunesse qui ne vous a pas connu, ni aimé, mais qui vous a tant offensé. Ayez pitié de ses malheurs, ne la perdez pas, mais sauvez-la. Cœur si aimable de notre Jésus, notre Sauveur, oh! sauvez ces âmes, sauvez ce peuple qui espère en vous. Montrez-vous à ces cœurs qui ne reconnaissent pas encore quelle est la cause de leur malheur.

Cœur de Jésus, qui ne voulez pas la mort du pécheur, mais qu'il se convertisse, ayez pitié des larmes de ces pauvres mères auxquelles le malheur de notre pays arrache le fils unique, dont le ciel semble vouloir le sacrifice et dont il veut faire une pauvre victime. O Cœur de Jésus, laissez-vous toucher par les sanglots et les humbles supplications du peuple chrétien, de la nation chérie de votre divin Cœur.

Oh! si encore vous voulez des victimes, si vous voulez un sang réparateur, oh! que votre justice se montre; mais aussi épargnez-nous, mais ramenez les pécheurs dans le chemin du devoir et de la vertu. O Dieu infiniment bon, voyez le sang de Jésus, et que ce sang innocent nous lave de nos crimes.

O mon Dieu, prenez pitié de votre peuple. Père éternel, nous vous demandons d'avoir pitié des pécheurs, de rendre à la France sa beauté, la grandeur de sa foi. Nous vous offrons les mérites du Cœur de Jésus. Nous vous offrons son sang divin, en vous suppliant de nous faire grâce et miséricorde.

O Jésus, vous, seul capable de fléchir votre Père céleste, oublierez-vous que nous sommes le prix de votre sang, votre héritage? Délaisserez-vous le fruit de votre travail, et le mérite de vos souffrances et de vos douleurs sera-t-il perdu à jamais ? Non, non : Jésus, nous pauvres pécheurs, nous espérons en vous. Vous pardonnerez, ô Jésus, en faveur des enfants qui ne vous ont point encore offensé. Vous regarderez le cœur et l'âme des justes qui vous aiment.

O Jésus, oui, j'entends les cris de votre Cœur. Vous vous plaignez de n'être pas aimé par ceux-là même qui devraient vous rendre Amour pour Amour.

Cœur de Jésus, Cœur que j'aime, oh ! que ne puis-je vous aimer pour ceux qui ne vous aiment pas. Cœur de mon Jésus, Cœur délices de mon Cœur, cœur de Jésus, à vous ma tendresse extrême.

Vous me demandez ce que Jésus a dit sur les événements à venir. La patience du Cœur de Jésus est infiniment au-dessus de tout ce que notre esprit peut concevoir. Il prie son Père céleste comme autrefois il priait pour ses bourreaux, qui l'ont crucifié. Jésus demande encore pardon pour nous, qui sommes coupables. Nos péchés montent, montent sans cesse vers le trône de Dieu et attirent ses malédictions sur le genre humain.

Dieu a dit qu'il punirait les peuples rebelles à son Amour. Dieu, qui est infiniment saint, ne peut souffrir le pécheur et son péché. Et, s'il ne punit pas le pécheur à l'heure même où il commet le péché, c'est que Dieu, dans sa bonté, veut bien attendre que le pécheur reconnaisse qu'il l'a offensé et qu'alors il fasse pénitence. Mais cependant, si le pécheur abuse longtemps de la bonté de Dieu, Dieu, dans sa justice infinie, doit punir l'homme pécheur. Il nous a donné des exemples dans tous les temps. Dans l'ancienne loi, l'homme pèche et Dieu envoie le déluge. Il fait descendre le feu du ciel sur les villes coupables. Et nous aussi, nous avons péché. Dieu tient dans ses mains le glaive qui doit exterminer le genre humain. Mais je vois que Dieu se tient encore en suspens. Il ose à peine faire éclater sa colère sur nous, qui l'avons tant mérité.

Pourtant je vois que Dieu veut exterminer les peuples, qui outragent ses lois. Et cependant il attend encore, il attend que la prière des âmes justes monte vers son trône, pour en faire descendre le pardon et la miséricorde. Et son cœur sera touché et sera sensible à nos malheurs.

Mais, ô mon Dieu, je vous vois sur votre trône au plus haut des cieux. Là, vous êtes aimé et adoré par les saints et les anges. Unis dans un même chœur, ils chantent votre gloire et votre amour, en louant, en bénissant votre nom adorable. Là, on reconnaît, ô mon Dieu, votre grandeur, votre toute-puissance. Je vois cette multitude de bienheureux, qui sont prosternés aux pieds de votre infinie majesté, vous adorent et vous proclament le grand Dieu. En les voyant se prosterner si respectueusement en votre sainte présence, faisant retentir la voûte des cieux des chants les plus beaux, les plus magnifiques, devant un tel spectacle, nous pourrions nous écrier : « Oui, ici est vraiment le « Dieu trois fois saint, le Dieu grand et magnifique. »

O mon Dieu, en regardant le ciel, je vous vois aimé, respecté comme il convient à votre grandeur. Devant ce chef-d'œuvre de votre Amour, nous pouvons nous écrier : « Oui, ici est la demeure d'un Dieu. Tout est soumis à son empire. Rien ne manque à sa gloire, a sa félicité. Il est aimé de ses sujets. Le même Amour est la chaîne qui les unit et les consomme dans l'océan de bonheur où Dieu les a plongés. »

Mais, qu'est-ce que je fais là ? Je m'arrête sur un sujet qui n'est pas celui que j'ai l'intention de poursuivre. Je contemple l'Amour de Dieu au ciel, et moi, je suis sur la terre, je vis au milieu des pécheurs. Moi aussi je commets le péché. Oh! j'oublie que je dois courber la tête plutôt que de l'élever en haut. Je dois pleurer sur mes péchés, sur les péchés des hommes. O mon Dieu, en portant mon regard jusqu'au haut des cieux, là où vous êtes aimé, mon cœur éprouve une grande joie. Et aussitôt mes regards se reportent vers la terre, et au milieu de cette multitude d'hommes, qui me semblent si préoccupés, si inquiets dans leurs vains projets. Leur esprit semble toujours troublé et tourmenté. Ils sont tous enfants du même père ; mais ils ne se ressemblent en rien. Je vois l'inégalité de leurs pensées, de leurs désirs, l'inconstance de leur cœur, la faiblesse de leur nature, la corruption même. Voilà l'homme sur la terre, tel que le péché l'a fait. Et devant un tel spectacle, on oserait se demander où est Dieu. Si bien que les hommes vous oublient, ô mon Dieu, et ne pensent plus à vous rendre le respect qui vous est dû comme Dieu.

Enfants des hommes, où est votre Dieu? Vous l'avez chassé de vos cités. Vous l'avez d'abord chassé de votre cœur. Vous ne voulez plus de son nom, ni de ses commandements, ni de sa religion, ni de ses ministres. Peuples aveugles, dans quel chemin allez-vous donc à votre perte, à votre ruine totale? Oh! qui donc vous remettra dans le bon chemin? Vous vous êtes perdus et égarés, en voulant suivre une autre route que celle que vous enseignent le Christ et sa religion. Vous avez ressemblé aux anges orgueilleux, qui ont voulu être plus grands que Dieu. Mais Dieu les a humiliés. Et vous, vous vous êtes dit à vous-mêmes : «Il n'y a point de Dieu. Tout nous est permis. Laissons notre cœur libre de faire ce qu'il voudra. » Vous avez proclamé à haute voix sur les places publiques et dans le sein des familles, que Dieu n'existait point et qu'il fallait en finir de la religion et de son Christ. Semblables à de cruels bourreaux, qui conduisent l'agneau à la boucherie, vous avez pris le

cœur des enfants pour en faire d'autres vous-mêmes.
Ces jeunes plantes, que Dieu avait données à la terre
et arrosées de son sang divin dans les eaux sacrées du
baptême, et rendues fécondes en grâces et en vertus
par les sacrements de son amour, qu'en avez-vous fait?
Vous avez cherché à arracher du cœur de ces enfants
l'Amour du bon Dieu. Vous ne voulez point de l'enseignement du Christ et de sa religion. Vous voulez donner à vos enfants l'enseignement qui n'est sorti que de
Satan et de ses suppôts. Vos vains projets vont-ils
réussir? S'ils ont réussi pendant quelque temps, et
après, où irez-vous rendre? Au chemin qui conduit à
l'abîme.

Oh ! vous, qui repoussez Dieu, qui ne voulez point de
son règne, encore quelque temps, et Dieu va se montrer à vous, non pas avec sa main, qui comble de béné-
dictions tout un peuple, qui l'a bénie et honorée, mais
il va se montrer avec les traits d'un père indigné par
l'ingratitude de ses enfants. Tremblez, ô pécheurs, devant le Dieu qui sonde les cœurs et qui pèse tout à sa
juste valeur. Et si le sang de Jésus n'effaçait pas nos
crimes, ils crieraient vengeance et retomberaient sur
nous.

Lorsque notre Seigneur était sur la terre, n'a-t-il pas
parlé des événements qui précéderont la fin de l'homme
ici-bas? N'a-t-il pas annoncé en avance les malheurs des
temps à venir? N'a-t-il pas dit, en parlant de la fin du
monde, quels seraient les signes qui annonceront la fin
des temps, et qu'à ces signes nous reconnaîtrons que le
règne de Dieu est proche? N'a-t-il pas dit que les hommes seraient troublés et effrayés par la vue des maux,
qui inonderont l'univers? Bienheureux les pécheurs, qui
verront ces choses, parce qu'ils se convertiront. Un grand
nombre d'âmes seront sauvées dans ces temps malheureux. Les hommes se repentiront de leurs péchés et croi-

ront en Dieu, à cause de ce qu'ils verront arriver.

Mais, ô mon Dieu, à nous qui vivons dans ces temps, où l'homme ne croit plus au miracle et ne croit plus en vous, n'allez-vous pas manifester votre puissance par des signes, qui pourront n'être pas aussi sensibles que ceux que vous nous avez prédits pour la fin des temps; mais cependant n'avez-vous pas annoncé les guerres et la division des royaumes? Toutes ces choses, nous les voyons s'accomplir. Mais en même temps nous voyons la foi s'éteindre parmi les peuples. Donc nous avons lieu de craindre et de trembler, car toutes les paroles qui sont tombées de votre bouche divine, seront accomblies à la lettre. Vous avez dit: « Je perdrai ce peuple, qui ne veut plus de mon nom ni de mon culte. » Mais, ô mon Dien, vérité éternelle, non, non, vous ne perdrez pas la nation qui vous a tant aimé. Il est vrai, elle vous a oublié. Elle a foulé vos commandements à ses pieds. Elle a trempé ses mains dans l'iniquité. Elle a bu à la coupe empoisonnée du mensonge et de l'erreur. Dans son orgueil, elle a voulu monter jusqu'à vous. Mais, Seigneur, vous l'avez humiliée. Mais elle n'a pas encore confessé son péché. Et votre bras est encore appesanti sur elle. Mon Dieu, ne la perdez pas. Mais convertissez-la, amenez-la au pied de vos autels, regardez-là en pitié et faites lui miséricorde. Souvenez-vous, Seigneur, de la foi de ses ancêtres. En vertu des mérites des saints, que vous lui avez donnés, convertissez-la, ô mon Dieu, ramenez-la au bercail.

Mais, ô mon Dieu, au milieu de notre défaillance, le peuple chrétien peut espérer son pardon, car nous avons un Médiateur entre Dieu et les hommes. Oui, le peuple chrétien est semblable au pauvre matelot sur une mer orageuse: il espère, lorsqu'il peut apercevoir briller l'étoile au milieu du ciel noir. Oui, mon Dieu, votre peuple a péché. Cependant pour fléchir votre courroux, n'avons nous pas un autre Abraham ? Lorsque Dieu avait résolu de punir les villes coupables, Abraham, cet homme juste, tenait ses mains suppliantes élevées vers le ciel, conjurant le Seigneur de pardonner aux villes coupables. Mais Abraham ne fut pas exaucé, et les villes furent exterminées par le feu du ciel. Mais, ô mon Dieu, nous, plus heureux que ce peuple, plus privilégiés dans la loi de grâce que ne le furent les autres peuples, nous avons un autre Abraham, plus qu'un Abraham, nous avons Jésus, le juste par excellence, Jésus notre médiateur auprès de Dieu. Dieu, voit chaque jour ce Fils bien-aimé s'immoler sur l'autel, cette victime pure et sans tache, qui s'offre à Dieu le Père et demande pardon pour les pécheurs. Dieu semble se laisser toucher par la prière de Jésus immolé sur l'autel.

J'ai vu Jésus caché sous les espèces du pain eucharistique. Il ressemblait à un humble suppliant. Son divin Cœur était tout meurtri, tout déchiré. Et, dans cet état d'humiliation et d'angoisses, il m'a semblé que Jésus souffrait ce qu'il a une fois enduré d'angoisses au jardin des Olives. Son divin Cœur était tellement touché de nos malheurs, qu'il semblait expirant. Et Dieu le Père lui disait : « Comment ! pardonner à ce peuple, « qui foule à ses pieds et ta Passion et ton sang répandu ! » Alors le Sauveur Jésus, prosterné devant son Père, restait immobile, semblable à quelqu'un qui accepte ce qui lui a été dit.

J'ai vu Jésus qui offrait son divin Cœur à Dieu, son Père, en compensation des péchés des hommes. Et Dieu semblait touché à la vue de ce Cœur qui a tant aimé les hommes. Mais le Père céleste regardait la terre. Et son regard courroucé semblait s'indigner contre les pécheurs. Mais au milieu des pécheurs, il apercevait Jésus, son fils bien-aimé. Et, à la vue de cette victime, il disait : « Je pardonnerai encore aux hommes à cause

« de toi. Mais je les avertirai, en les punissant, en leur montrant ce qu'ont valu leurs péchés. »

Je voyais aussi la terre toute couverte de sang. Mais il n'y avait pas une seule victime. C'était le sang de Jésus, le sang rédempteur, qui coulait sur les âmes et les purifiait, les reformait et en faisait des âmes nouvelles. Ce sang était d'un rouge vif et vermeil. Mais parfois il paraissait comme un cercle d'une blancheur éblouissante, un cercle blanc comme le lis. Je crois que ce signe voulait indiquer Marie, la Vierge Immaculée, qui a eu une grande part dans la Rédemption du genre humain.

J'ai vu aussi la terre couverte de ténèbres. C'étaient les péchés des hommes. Ils étaient tellement frappés d'épouvante qu'ils ne se connaissaient plus, et ne savaient plus ce qu'ils faisaient. Mais on offrait cependant le saint sacrifice de la messe et on invoquait Marie-Immaculée. Mais ces choses sont à peu près la clôture des événements, car à ce moment-là les hommes s'écrieront : « Vive la Religion et son Christ ! Vive le Cœur de Jésus ! »

Quels seront les événements qui causeront tant de frayeur ? Les premiers troubles commenceront vers cette année, aux derniers mois, mais ces événements se feront très lentement.

Ainsi les méchants ont à peu près terminé leurs complots ; mais ils se disent : « Réussirons-nous ? » Leur imagination se trouble, leur tête est bouleversée, et ils se disent : « Avisons un autre moyen. » Et ils attendent encore. Et toujours ils remettent au lendemain pour accomplir leurs vains projets.

J'ai vu tout le peuple français debout, dans l'attente de ce qui doit arriver dans les événements à venir, qui doivent déterminer ou son bonheur, ou son malheur.

J'ai vu la croix de Jésus suspendue au-dessus de leur tête et teinte de sang. La croix de Jésus penchait du côté de l'Italie et semblait s'appesantir sur elle. J'ai vu qu'elle était grandement coupable et qu'elle serait punie dans la rigueur que méritent ses crimes.

Du côté de l'Allemagne parut comme un rayon de soleil, entouré d'un cercle rouge comme du sang. Je n'ai pas connu quel était ce signe. Mais j'ai revu la croix de Jésus, elle s'étendait sur l'Europe entière, si fortement qu'elle semblait l'anéantir par sa force et la pesanteur de son poids.

Je n'ai plus revu la croix de Jésus, mais parut comme un brouilard très épais. J'ai vu les méchants comme des bourreaux implacables contre le saint-Père.

Mais, ce qui est le plus effrayant, la révolution s'étendait dans les villes de la France. C'est un carnage complet. On voudrait n'être pas sur la terre, afin de ne pas voir un tel spectacle.

Les méchants, acharnés contre la sainte Église, sont très nombreux. Ils ont la force et la puissance jusqu'au jour que Dieu leur a donné. Car les méchants voudront détruire les temples religieux, les couvents religieux, dans les principales villes de la France. Celles qui sont les plus coupables auront à souffrir beaucoup de maux de la part des ennemis.

Mais avant que la guerre recommence, nous aurons à souffrir de la cherté, de la rareté des vivres. Les ouvriers n'auront presque pas de travail. Et les pères de famille entendront leurs enfants crier et pleurer, demandant le pain qui doit entretenir la vie. Mais ils n'auront pas de quoi les rassasier. La maladie détruira un grand nombre d'enfants. Dieu ne nous donnera pas un temps favorable aux biens de la terre, parce que nous n'avons pas su respecter le jour du dimanche.

Les jeunes gens ne vont plus à l'église. Les jeunes filles ne pensent plus à Dieu. Elles vont aux plaisirs coupables avec une joie incroyable. On voit bien que les démons sont sortis de l'enfer, qu'ils peuplent la terre, et qu'ils ont soumis les âmes à leur empire. Dieu punira cette pauvre jeunesse. Ces jeunes hommes seront appelés à combattre sur le champ de bataille. Un grand nombre donneront leur sang et leur vie pour défendre la patrie. Ils verront ce que leur a valu d'avoir abandonné le chemin du devoir et de la vertu.

J'ai vu que Jésus souffrait davantage de l'ingratitude et de l'indifférence de ceux qui disent être ses amis. Ce péché est plus sensible à son cœur et le blesse plus vivement que l'impiété ouverte, qui ne craint pas de se montrer. Ainsi, je vous le dis en passant, Jésus m'a montré ce qu'il avait à souffrir de la part de beaucoup de prêtres. Jésus me dit cela chaque fois que j'assiste au saint sacrifice de la messe, chaque fois que j'ai le bonheur de communier, ou bien dans les moments que je passe au pied du saint tabernacle où il est seul et solitaire, abandonné et délaissé. Jésus me dit ses peines en me montrant de combien de grâces et d'Amour il comble ses prêtres; mais aussi comment ils ne savent pas répondre à tant d'amour. J'ai vu le Cœur de Jésus tout brûlant d'amour au moment où le prêtre tenait l'hostie dans ses doigts et qu'il consacrait le corps de Jésus. J'ai vu le prêtre célébrer la sainte messe sans piété, faisant cela comme une chose ordinaire. J'ai connu aussi que, pendant qu'il disait la messe, il avait l'esprit tout préoccupé de mille bagatelles du monde. Et le Cœur de Jésus en souffrait beaucoup. J'en souffrais moi aussi. Jésus faisait passer la souffrance de son Cœur dans mon cœur. Mais ce qui console un peu mon âme, au milieu de ces peines, c'est que je vois que, le prêtre a beau être indigne et mal préparé à célébrer la messe, le sang de Jésus a toujours son efficacité sur les âmes.

Bientôt les hommes vont se trouver réduits à cet état de souffrance morale que je ne puis dire. Alors nous les verrons se soulever les uns contre les autres. Ils n'attendront pas que l'ennemi arrive leur déclarer la guerre et emporter ce qu'il y aura dans leur maison ; c'est là les effets du péché. Là où Dieu aura été le plus offensé, là arriveront les plus grands maux. Paris est, parmi les autres villes de la France, la plus coupable. Jésus a dit qu'elle ressemblerait à Jérusalem, où il n'est pas resté pierre sur pierre.

Paris, ô ville coupable, tes murailles sont couvertes de tes crimes, ton enceinte sera détruite et le pavé de tes rues sera lavé par le sang de tes enfants. O Paris, tes palais seront incendiés par les troupes ennemies. Tu dresseras tes échafauds pour égorger tes prêtres. Oui, car il te faut, pour te laver de tes crimes, non seulement un sang impur, mais un sang pur. La justice de Dieu le réclame, et sa justice ne sera satisfaite que lorsque le sang innocent aura été répandu.

Les Prussiens iront à Paris. Ils détruiront plusieurs églises, qu'ils trouveront fermées sans doute, plusieurs couvents, où il y aura des religieuses qu'ils feront périr. Plusieurs se cacheront, se déroberont à la fureur de l'ennemi ; mais beaucoup périront. A Paris, rien ne sera épargné.

Avant ces moments malheureux, il y aura des signes dans le temps, des tremblements de terre. Le souffle de la colère du Tout-Puissant se fera sentir presque dans tout l'univers.

Mais il y aura quelques villes qui seront épargnées, où la révolution fera très peu de mal. Tours n'aura presque rien : il sera protégé. Tout ce diocèse aura peu de mal. Mais il faudra prier, remplir les églises pendant qu'elles seront ouvertes.

Des prières publiques seront faites dans toutes les églises. On invoquera le Cœur de Jésus. Il faudra se mettre sous la protection de Marie-Immaculée. Le Cœur

de Jésus et Marie-Immaculée ! Il faudra dire souvent :
« Marie-Immaculée, sauvez la France, sauvez-nous ! »

Qu'est-ce qu'il y aura à faire au moment des grands
événements ? Il faudra prier, faire pénitence, se sou_
mettre à la volonté de Dieu.

Les églises seront fermées très peu de temps dans
les villes où il y aura peu de mal.

Les prêtres devront se cacher, autant qu'ils le pourront, car beaucoup n'échapperont pas à la fureur de
l'ennemi et des méchants, qui ne veulent plus des prêtres
ni de la religion. Les prêtres en cure seront plus épar-
gnés que les autres. Mais, tels que les Jésuites, qui
sont de la compagnie de Jésus, ils commenceront par
eux.

Les méchants voudront détruire tout ce qui concerne
le culte chrétien ; mais ils n'en auront pas le temps. Ils
voudront un roi, mais celui qui leur sera présenté, ils
n'en voudront point, parce qu'il aime Dieu et la religion
chrétienne. La plus grande partie du peuple ne voudra
point son règne.

Ils recommenceront la guerre avec les Prussiens. Nos
ennemis seront quelque temps victorieux. Nous serons
encore humiliés sous leurs mains.

Lorsque la France aura perdu un grand nombre de
ses enfants au sein des batailles, c'est alors qu'ils pous-
seront vers le ciel le cri de détresse et qu'ils demande-
ront celui qui doit les sauver. Ils iront chercher celui qui
est destiné pour être le Roi des Français. Et avec lui,
avec le Cœur de Jésus, avec le drapeau blanc, qui est
celui de notre Roi, au nom de Marie-Immaculée, nous
serons sauvés.

Le 2 juillet 1873 :

Voilà ce Cœur qui a tant aimé les hommes ! Ce n'est

pas en vain que le Cœur de Jésus s'est manifesté à nous de la manière la plus sensible. Jésus savait bien que dans les temps à venir, il nous faudrait avoir recours à son Cœur.

Le Cœur de Jésus nous a tant aimés ! Malgré nos péchés, Jésus nous aime encore, et il veut nous sauver par son divin Cœur.

Au milieu de nos malheurs, tournons nos regards vers ce Cœur qui nous a tant aimés. Dans notre détresse, crions au Cœur de Jésus : « Sauvez-nous, car nous périssons. »

Le Cœur de Jésus est la plénitude de l'amour; de même que dans ce peuple, qui oublie son Dieu, nous trouvons la plénitude de la haine contre Dieu. Le Cœur de Jésus est la plénitude de la sainteté; dans la France est la plénitude du mal.

Ils ont chassé Jésus de leur cœur ! Peuple aveugle ! ils ont cru pouvoir se passer de leur Dieu et de sa religion. Mais en s'éloignant de Dieu, ils se sont perdus.

Le Cœur de Jésus est la plénitude de l'expiation. Qui pourrait jamais raconter les douleurs du Cœur de Jésus ? C'est par les tortures, les angoisses de ce Cœur, que nos péchés seront expiés. Dans la France règne la plénitude de tout ce qui peut satisfaire les sens et contenter notre nature. Nos péchés montent vers le trône de Dieu. Qui pourrait apaiser sa justice et retenir son bras appesanti sur nos têtes coupables? C'est le Cœur de Jésus, victime expiatrice. O Cœur de Jésus, nous espérons en vous. Nos Cœurs reconnaissants vous rendront Amour pour Amour. Tous unis dans un transport de reconnaissance, nous vous dirons : « Cœur de Jésus, voilà nos Cœurs. Ils sont à vous, et ils vous aiment. »

Cœur de Jésus, que j'aime ces douces paroles que vous dites en nous montrant votre Cœur : « Voilà ce Cœur qui a tant aimé les hommes ! » Permettez-moi de vous dire, moi aussi : « Voilà mon cœur, qui vous a tant aimé. »

Il y a à peine quelques semaines, le trouble, l'inquiétude agitaient les esprits. On se croyait à la veille des plus grandes catastrophes. Mais en ce moment où les cœurs paraissent avoir repris un peu plus de calme, ils semblent croire que nous n'avons plus rien à craindre des malheurs qui nous menaçaient, et que les choses s'accompliront sans rien d'extraordinaire. S'il en était ainsi, ce serait s'abuser ; car Dieu est si bon, que, dans sa miséricorde, il nous avertit avant de nous frapper.

Les troubles commenceront bientôt et dureront longtemps, jusqu'aux moments les plus terribles.

Les enfants seront atteints de la maladie et ils mourront. A Paris, le nombre des enfants qui mourront sera grand. Partout beaucoup d'enfants mourront de cette maladie, dans les villes, dans les campagnes. Dans le diocèse de Tours, la maladie des enfants fera moins de mal : il y en aura très peu qui en mourront.

Dans les villes, dans les campagnes, tous souffriront de la cherté des vivres. Les travaux des bâtiments seront suspendus, les ateliers fermés. Des églises en réparation ne seront pas finies, mais détruites par les méchants.

Beaucoup mourront de frayeur dans ces temps malheureux. Les signes dans le ciel commenceront bientôt. Après, les tremblements de terre. Viendront aussi les ténèbres de la nuit, vers la fin des événements.

Là, les méchants reconnaîtront la puissance de Dieu. Beaucoup se convertiront, beaucoup de méchants périront.

Nous reprendrons l'Alsace et la Lorraine, et l'argent que les Prussiens nous ont volé ; car ils seront détruits, eux et leur roi. Ces choses arriveront bientôt. Le faux roi régnera peu de temps.

Gambetta est celui qui sera à la tête de la révolution.

Les prêtres du diocèse et des campagnes se cacheront.

Le Saint-Père sera tué à Rome. Nous serons quelques mois sans avoir de Pape.

Les ténèbres dureront quelques heures.

Le bon Roi ne viendra qu'à la fin des malheurs, où presque tous les méchants seront détruits.

Paris sera détruit presque entièrement.

L'archevêque de Paris sera mis à mort, avec beaucoup de prêtres.

On chassera les Jésuites et d'autres religieux. Beaucoup seront mis à mort.

Les Prussiens ne resteront pas longtemps en France.

Prions le Cœur de Jésus. Jésus nous sauvera. Que sa volonté s'accomplisse en nous. Que Jésus soit aimé et glorifié par toutes les âmes.

Le 5 juillet 1873 :

L'époque des événements terribles a été retardée plusieurs fois à cause de la prière des bons.

On commencera à bâtir l'église de Saint-Martin après les malheurs.

La révolution éclatera en Italie à peu près en même temps que chez nous.

L'Angleterre sera, aussi elle, bien troublée.

Le Concile recommencera au triomphe de l'Église. Ce n'est pas Pie IX qui le recommencera.

Nous reprendrons l'Alsace et la Lorraine, notre argent et le pays jusqu'au Rhin.

Avant tout cela, Jésus sera chassé des écoles.

Le drapeau de la France sera le drapeau blanc avec le Cœur de Jésus.

Les méchants seront les maîtres un an et quelques mois.

Il faudrait vendre les maisons de Paris à tout prix, et

se retirer des affaires. Tout va baisser tout d'un coup.

Le signe rouge et blanc sur l'Allemagne signifie leurs malheurs et leur conversion.

Gambetta chassera les religieux.

Gambetta sera tué.

Le 1ᵉʳ octobre 1873 :

Lorsque nous croirons être en paix, au moment que nous y penserons le moins, viendront les grands événements.

Le 15 octobre 1873 :

Toujours vous me demandez la même chose pour les événements. Je crois que c'est la dernière fois. Il ne faut plus parler de cela.

D'abord je veux vous dire ce que vous savez bien et que Jésus m'a dit sur ce que je lui ai demandé.

Non seulement Dieu est irrité contre les pécheurs, mais aussi contre les prêtres. Un grand nombre, un très grand nombre oublient ce qu'ils doivent être envers Dieu et envers les âmes. Et, à cause de cela, un grand nombre d'âmes ne sont pas converties. Pour fléchir le ciel, il fallait la pénitence et la prière. Ils font tout le contraire. Les peuples reprochent aux prêtres qu'ils ne font pas leurs devoirs comme ils devraient le faire. Les créatures se trompent souvent dans leurs jugements, mais le prêtre n'aime pas Jésus, disons-le avec une grande douleur.

Puisque vous me demandez sur les événements, eh bien ! Jésus me dit davantage sur les âmes, sur le prêtre, sur l'état de l'âme du prêtre en ce moment, que sur les châtiments qui vont tomber sur la France coupable.

Jésus m'a fait connaître ces suotte âmes de prêtres qui ne veulent pas de son Amour. J'en vois de toutes sortes. Il serait trop long de vous montrer tout cela en détail.

Jésus m'a montré qu'il y avait longtemps que le mal règne, mais que, lorsque le mal serait à son comble, c'est là qu'il punirait les hommes.

J'ai vu que les prêtres auraient à souffrir par punition. C'est un très petit nombre qui n'est pas coupable. Le plus grand nombre est coupable et sera puni. Cependant beaucoup de prêtres deviendront meilleurs au moment des événements et après les malheurs.

Voulez-vous bien que je vous dise ce que Jésus m'a dit ? Cela me cause bien de la peine. Cependant vous le savez peut-être mieux que moi. Jésus m'a montré que dans les moments où nous sommes, le prêtre se rend très coupable par son orgueil. Je fais mal peut-être de vous dire cela ; mais je ne puis pas faire taire la voix de Jésus. Je continue à vous dire ces choses, non pas en détail, puisque vous le savez déjà.

Le prêtre ne semble-t-il pas insulter aux pécheurs, plutôt que de les exhorter à la pénitence ? Il les menace des châtiments, avant de leur montrer, par son exemple, l'amour de Dieu, l'amour de la pénitence, de la souffrance, l'amour de la charité chrétienne. Pour gagner les âmes à Jésus, il faut s'oublier soi-même et savoir aimer les âmes en Dieu et pour Dieu. Pour attirer les âmes à la vertu, les attirer vers Dieu, il faut leur parler avec la bonté, avec tout l'amour et toute la tendresse du Cœur de Jésus. Aimer Jésus, c'est le moyen de convertir les âmes.

Voilà ce que font les prêtres en ce moment. Ils disent aux méchants : » Nous allons avoir notre Roi à nous. » Et puis : « Nous vous tenons. Nous serons les maîtres de vous. » Non, il ne faut pas parler de la sorte.

Nous ne sommes pas à la fin des malheurs.

Les méchants sont en rage contre le prêtre. Le prêtre a bien un peu mérité cette haine de la part des hommes.

C'est Jésus qui me dit ces choses. Encore je ne vous le répète que très péniblement, plutôt en peu de mots. Je craindrais de mal faire en disant ces choses, que vous savez peut-être.

Ce que je vous dis au sujet des prêtres, Jésus m'a montré en cela qu'il aurait à souffrir à cause de ce que je viens de vous dire.

Ils sont persécutés en ce moment, ils le seront encore.

Jésus va encore nous humilier. Pauvre France, encore humiliée sous la main du Dieu justement irrité!

Vous demandez quand commenceront les troubles; à Paris, les méchants sont armés, pour recommencer la révolution. Mais ils ne sont pas encore en grand nombre. Ils manquent d'armes. On cache les armes, croyant éviter la révolution. On dit cela, on leur fait accroire cela plutôt. Ces armes sont dans d'autres mains, qui sauront bien s'en servir au moment donné.

Le Président a peur. Il craint de se mettre trop du côté des bons, parce que le côté des bons est moins fort, en apparence, que le côté des méchants.

Les méchants paraîtront les plus forts pendant quelque temps. Ils vont nommer un chef, dont le peuple ne veut pas. Il n'aura pas le temps de régner, que Dieu se manifestera par sa puissance.

Paris sera presque entièrement exterminé. Les Prussiens auront tout détruit. Il y aura quelques sanctuaires, consacrés à la Vierge Marie, qu'ils n'auront pas pu détruire. Le sang coulera à flots dans les rues de Paris. Beaucoup mourront de frayeur. Un grand nombre seront tués, égorgés à Paris. D'autres périront dans l'incendie. Un grand nombre de prêtres seront égorgés à Paris. Ils seront surpris et n'auront pas le temps de se cacher. Les méchants n'épargneront rien. Paris ne sera plus reconnaissable. Il ressemblera à une boucherie, où l'on va pour égorger les animaux.

Les Prussiens ne seront pas tous à Paris en ce moment-là, mais un grand nombre se seront dispersés dans le midi de la France. Ils attaqueront les maisons religieuses surtout. Beaucoup de maisons religieuses seront détruites, un grand nombre de religieux et de religieuses seront mis à mort, surtout à Paris. Dans les autres villes, il y en aura quelques-uns.

La révolution s'étendra particulièrement dans les grandes villes. Tours n'aura presque rien. Quelques méchants essaieront de faire du mal. Ils en feront un peu ; mais le temps leur manquera. Dans les campagnes, il y aura quelques méchants qui voudront faire du mal. Ils commenceront ; ils ne finiront pas le mal qu'ils voudront faire, parce que, dans ce moment-là, tous les hommes partiront. Ils partiront au moment que les Prussiens se seront rendus maîtres de Paris.

Tous ceux qui seront en tête de la révolution, comme Gambetta et d'autres, tous ils périront dans le dernier combat.

Au moment, où les Prussiens seront les maîtres, c'est alors que nous croirons tout perdu, que Dieu manifestera sa puissance, et que la Vierge Marie sera notre Protectrice.

Au moment que les méchants, nos ennemis, croiront être les maîtres, ils voudront détruire tous les temples consacrés à Dieu et à la Vierge Marie ; car la France, dans ce moment-là, n'aura aucun secours humain. Elle verra tous les peuples armés contre elle, mais aucun pour la défendre. Elle se trouvera seule, sans protecteur. C'est à ce moment-là qu'elle se souviendra de son Dieu.

qu'elle aura recours au Cœur de Jésus et à Marie-Immaculée. Dans ce moment-là, ils voudront le bon Roi.

Les méchants n'auront pas le temps de faire tout le mal qu'ils voudraient faire.

Pendant ce temps les églises seront fermées, les prêtres cachés. Tous les hommes partiront, pour très peu de temps. Cependant un grand nombre ne reviendront pas. Ils périront dans les combats.

Vous savez qu'avant ces grands malheurs il y aura des maladies sur les enfants. La cherté des vivres sera encore plus grande. Même dans le moment des malheurs, beaucoup seront malades. Je vous ait dit ces choses.

Vous savez qu'après ces grands malheurs Dieu sera connu et aimé. Mais les malheurs seront grands. Aussi on ne veut pas croire à cela, ou plutôt on n'ose pas y penser. Et pourtant cela va arriver. Nous y touchons de bien près. On peut s'y préparer. Bientôt on commencera des prières publiques dans les églises.

Le 19 novembre 1873 :

Je ne sais pas autre chose sur les événements. Je vous ai dit ce que je savais. Vous ne voulez pas que je vous redise les mêmes choses. Mais, depuis que je vous ai écrit, Jésus m'a montré que les prières que l'on fait en public lui sont agréables, qu'elles montent jusqu'à son trône, que son Cœur est touché. Jésus m'a montré que ces prières devraient se continuer avec plus de ferveur, si nous voulons qu'il nous épargne dans sa justice. J'ai vu la prière des bons monter jusqu'au trône de Dieu. Mais le bon Dieu a dit, dans sa justice, qu'il punirait ce peuple qui ne veut pas se convertir et faire pénitence.

Cette punition, dont Dieu a menacé son peuple, en

châtiment de nos péchés, a déjà commencé. La guerre a été le commencement de nos malheurs. La suite de ces malheurs sont les événements à venir.

Vous me demandez encore quels seront ces événements, ce qui va arriver. Vous demandez beaucoup de détails. Je puis vous dire ce que je sais, ce que Jésus a bien voulu me dire. Je serais tentée de vous dire : « Pourquoi tenez-vous tant à savoir ce qui pourra arriver, comment Dieu va punir nos crimes ? » Mais l'obéissance me défend de vous faire cette observation. Vous commandez, je dois obéir sans demander pourquoi. Cependant, il me semble vous avoir tout dit de ce que je sais des événements. Vous demandez des détails. Vous savez que je ne sais point faire cela. Je ne suis capable de rien. Je suis ignorante. Je ne sais rien exprimer, ni par mes paroles, ni par écrit. Vous me pardonnerez ce que je vais vous dire, je vous avoue que, lorsque je dois fixer ma pensée sur ce que vous me demandez des événements, pour vous le dire, pour vous l'écrire, cela m'ennuie beaucoup. Je vois bien que vous me parlerez des événements jusqu'à ce qu'ils soient arrivés et jusqu'à ce qu'ils soient finis. Vous pouvez demander tout ce que vous voudrez. Rien ne me lasse, lorsqu'il s'agit de plaire à Jésus. C'est le péché qui me déplaît, qui me fatigue.

Que voulez-vous que je vous dise des événements ? Je vous ai dit que ces troubles commenceraient bientôt. Les esprits peuvent-ils être plus troublés qu'ils le sont à cette heure ? Vous savez de quoi il s'agit. Chacun a son parti. Et la majorité des voix va tomber à celui qui sera l'instrument dont Dieu se servira pour nous punir.

A partir de ce moment-là, qui est bientôt, les méchants seront les maîtres.

Bientôt nous ferons encore des prières publiques, au moment où les méchants seront les maîtres.

Les méchants étant les maîtres, que feront-ils? Ils exécuteront leurs infâmes projets, la révolution contre la religion du Christ. Ils voudront tout détruire, et réduire à rien tout ce qui appartient à la religion du Christ.

Par toute la France, le nombre des méchants acharnés à la perte de la sainte Église est si grand, qu'il ne peut être compté. Mais ces hommes, avec leur malice contre l'Église, n'iront que jusqu'où Dieu voudra. S'il permet qu'ils soient victorieux pendant quelque temps, c'est pour faire éclater sa bonté, sa miséricorde envers nous, et nous obliger, par ce moyen, à avoir recours à lui, à tourner nos regards vers lui et à demander pardon.

Paris est la ville la plus coupable. Plus que les autres villes, elle aura à souffrir. La main de Dieu est entièrement appesantie sur cette ville. Ses crimes sont montés jusqu'au trône de Dieu. Elle sera punie selon la mesure de ses crimes.

Il faut à Dieu pour satisfaire sa justice, non pas seulement le sang des coupables, mais le sang des innocents. Bien des âmes innocentes mourront. Bien des enfants mourront par maladie. Beaucoup, dans Paris, mourront par les malheurs qui vont tomber sur cette ville coupable. Paris sera détruit, pas entièrement détruit : il n'y aura de préservé que quelques monuments religieux que les méchants n'auront pas eu le temps de détruire. Paris et ses habitants seront détruits. Il n'y aura de préservés que ceux qui auront eu le temps de sortir de la ville.

La révolution s'étendra dans les grandes villes surtout. Partout on en souffrira plus ou moins. Nous aurons tous à souffrir. Là où la révolution n'aura pas fait grand ravage, les enfants mourront en plus grand nombre. C'est un fléau du ciel. La colère de Dieu se fera sentir alors partout. En ce moment-là, par toute la France, des vieillards mourront de maladies causées par la frayeur des malheurs.

Malgré le peu de temps que durera la révolution, elle sera effrayante. La malice des méchants est à son comble. Le nombre des victimes sera grand. Dieu seul pourra les compter. La révolution ne durera pas des années mais pendant les mois qu'elle existera, le peuple sera malheureux, si malheureux que, dans son malheur, il reconnaîtra que c'est la main de Dieu qui l'a frappé. C'est en ce moment-là, où tout un peuple se trouvera dans une si grande détresse, qu'ils auront recours à Dieu. Ils voudront le bon Roi. Ils reconnaîtront enfin que c'est lui qui pourra rétablir la paix et le bonheur.

Mais avant ce moment-là, où l'on voudra du bon Roi, que le malheur qui arrivera est grand ! Car la révolution sera sanglante.

Ceux qui seront en tête de la révolution sont armés. Ils sont forts et puissants.

Nos ennemis sont nombreux. Aucune puissance ne viendra au secours de la France. Elle ne peut être sauvée que par un miracle. Nos ennemis, les Prussiens, ont juré sa perte et sa ruine. Lorsqu'ils verront nos malheurs, causés par la révolution, ils verront la France sans armées. sans puissance pour la défendre. C'est alors qu'ils croiront réaliser leurs infâmes projets. Car ce méchant roi de Prusse n'a qu'un désir, c'est de s'emparer de la France, de pouvoir entrer dans Paris avec toute sa troupe et de soumettre le peuple à son empire. Il veut rendre la France pauvre et malheureuse. Ou plutôt, voilà ce qu'il espère, se rendre l'ami de celui qui sera en tête de la révolution. Il y est déjà. Étant appuyé sur ceux qui seront en tête des méchants, il peut tomber sur nous avec une audace infernale, sans rien craindre, espérant être vainqueur. L'ambition de ce méchant roi est de conquérir la France entièrement et de nous donner pour roi le fils de celui qui nous a livrés entre ses mains. Mais Dieu a ses desseins. Ce méchant roi sera humilié. Dieu ne veut pas que ce méchant vienne encore souiller le sol de la France. La France a été assez humiliée. Ce méchant viendra à Paris ; mais il sera repoussé, lui et toute sa troupe. Le combat sera grand ; car en ce moment-là tous les hommes partiront ; mais ils seront bientôt de retour. C'est alors, en effet, que la puissance de Dieu se manifestera et que l'on criera : « Vive le Roi blanc ! Vive le cœur de Jésus ! » On criera : « Vive Marie-Immaculée ! » La France sera sauvée par un miracle. Dieu le fera et Marie Immaculée.

Le 2 juin 1874 :

Le Roi peut parler à la France ; mais elle sera sourde à sa voix, parce que ce sont les malheurs qui la ramèneront à Dieu.

On va établir, dans la France et dans tout le monde, des corporations, des associations, des réunions de jeunes gens, des confréries pour les métiers.

Les chrétiens vont bâtir une belle église au Cœur de Jésus. Les méchants voudront la détruire.

Jésus m'a montré les Anges, qui planaient au-dessus de presque toutes les grandes villes, surtout au-dessus de Paris ; ils tenaient à la main la palme du martyre, destinée principalement aux prêtres, qui vont être mis à mort.

III

EXPLICATION

Après de telles pages, après une pareille persistance dans les mêmes affirmations, qui vont peut-être jusqu'à fatiguer le lecteur, il pourra paraître superflu d'ajouter même un mot d'explication. Cependant, rappelons brièvement ce que nous savons tous et ce que nous voyons tous de nos propres yeux.

Sans doute, il a pu se glisser quelque erreur dans les détails : l'esprit humain peut avoir suivi sur ce point sa propre lumière et non la lumière divine. Mais il faut se faire violence pour ne pas voir que le fond est vrai.

Oui, nous sommes bien à la veille de la victoire du Christ. Il est de foi que le Christ est le maître du monde et le Roi des rois. Son Père lui a remis son héritage. Le Christ n'a plus de conquêtes à faire. Qui sont ceux qui ne sont pas soumis à son empire ? Les sauvages et les révoltés. En montant au ciel, au jour de son Ascension, le Christ a mis en sûreté sa personne et tous ses biens. Il porte ses titres ; ils sont incontestables. Ses ennemis auront beau se remuer : ils ne peuvent rien contre sa gloire. Du haut du ciel qui, est son trône, il règne sur l'univers. Il fait tourner tout à la

gloire de son nom et au bonheur de ses élus. Ses ennemis, malgré eux, travaillent pour son profit. Sans doute,
le mal qu'ils font retombe sur eux-mêmes ; mais
dans le fait, même dans la réalisation de leurs plus
noirs complots, on dirait qu'ils auraient fait un pacte
avec le Sauveur du genre humain. Chacun a sa liberté
d'action. Et le Christ, pour gagner la victoire, n'a qu'à
se montrer tel qu'il est. Le Christ punit quand il se
cache à l'âme humaine : il récompense quand il amène
la volonté de l'homme captive à ses pieds. Et qui peut
dire combien le Christ aime les hommes ? Que ne fera-t-il
donc pas pour les ramener à lui ? Remuer ciel et terre,
ce n'est rien pour lui, quand il s'agit du bien du dernier
de ses élus. Tout ce qu'il fait n'est 'qu'amour. Et quand
il veut, il attire à lui avec une force incomparable.
Voilà bien ce qu'il est en train de faire, ce qu'il va faire
encore bien mieux, en nous montrant jusqu'à l'évidence
combien il nous aime.

Oui, sans doute, nous avons tous péché. L'orgueil
règne en maître à peu près sur le monde entier. Tout
le mal actuel se résume dans une erreur subtile et ca-
chée, dont Pie IX lui-même a [dit que c'était l'erreur la
plus pernicieuse de l'époque. J'ai nommé le libéralisme.
Cette erreur était dans les intelligences depuis longtemps.
Elle n'attendait qu'une occasion pour se manifester.
Pour le libéralisme religieux, l'occasion de se manifester a été le Concile. Pour le libéralisme politique, ça
été les débats et les agissements secrets de la chambre
française depuis douze ans. Le libéralisme religieux n'a
pas été assez fort pour empêcher la définition de l'infail-
libilité pontificale, qui est le dogme sauveur de l'époque ;
mais le libéralisme politique a bien eu assez d'audace et
d'astuce pour retarder la venue du Roi. Aussi le châtiment
ne s'est pas fait attendre. L'Église, dont une faible mi-
norité craignait au moins de voir briller la vérité d'un

trop vif éclat et par là même revêtir une liberté plus grande, une indépendance plus véritable, l'Église presque partout, surtout en Italie et en France, se voit attaquée par un pouvoir civil qui veut en faire son esclave. Pour l'État, le châtiment ne peut pas être plus grand, l'humiliation ne peut pas être plus profonde. On a écarté, avec malice et sans raison, celui qui est le plus sincère représentant de l'autorité de Dieu, celui dont le nom seul est la force, la gloire et le bonheur du pays, et voilà qu'aujourd'hui le pouvoir est tombé entre les mains de je ne sais qui; mais je vois bien que nous sommes livrés aux caprices des francs-maçons et par là même à l'empire de Satan.

Non, l'intervention directe de Dieu ne se fera pas longtemps attendre. Il y a, par le monde, des âmes vraiment chrétiennes et inconnues, qui offrent à Dieu des prières ferventes. Le ciel va se laisser toucher par le cri de détresse de ces cœurs qui lui sont chers et qui sont, sans qu'on le sache, comme les colonnes sur lesquelles repose le monde. Et puis, le démon de la révolte se jette sur l'enfance, pour en faire sa proie. Presque personne ne se lève pour défendre ces âmes, qui sont comme la prunelle de l'œil de Dieu, qui sont le prix très riche du sang rédempteur. Il y a eu de belles paroles, qu'on pouvait prendre d'abord pour le gage d'une résistance sérieuse; mais aujourd'hui toutes les meilleures résolutions sont tombées à l'eau. On a peur des conséquences; ce que l'on fait n'est rien auprès de ce qu'on devrait faire. Dieu n'entend pas qu'on éteigne ainsi le flambeau de la foi dans tant d'âmes innocentes. Il aimerait mieux les appeler soudain au paradis, où il y a encore de la place pour elles. D'un autre côté, il est de foi que l'Église ne peut pas périr. Pour exister, elle a besoin, aujourd'hui plus que jamais, de son pouvoir temporel, Sa position devient de jour en jour de plus en plus intolérable. Dieu va rendre à son Église l'amour et le dévouement de sa fille ainée. Et d'un seul coup tout rentrera dans l'ordre.

Oui, ce qui donnera le signal du dernier choc, ce qui fera que le Christ se lèvera sur son trône pour défendre ses droits, ce sera la révolution ouverte, la révolution dans la rue. Et elle ne peut plus guère tarder aujourd'hui. Elle est dans toutes les têtes. Elle est attisée par tous les moyens possibles. Partout. c'est la provocation, l'encouragement au mal et au désordre. Il faut être bien aveugle pour ne pas voir que demain peut-être cet incendie éclatera de toutes parts. Qui ne voit l'aveuglement des masses, aveuglement signe précurseur des grandes catastrophes? Qui n'entend pas les cris rapprochés de l'armée des tigres avides de sang? Je prends au hasard : voici ce que je lisais ces jours derniers dans une feuille publique, à la date du 23 juillet présente année.

Le journal socialiste Lyonnais, *le Droit social,* va être poursuivi devant la cour des assises du Rhône. Voici comment il annonce cette nouvelle :

« Enfin nous sommes heureux. Il va nous être donné
« de porter devant l'autel même sur lequel on sacrifie
« au dieu capital tant de consciences et tant de libertés,
« il va nous être donné, disons-nous, de porter un toast
« à la revendication prolétarienne. Oui, c'est sur l'autel
« même des sacrifices bourgeois et à la barbe des grands-
« prêtres du capital, que nous aurons l'honneur, nous
« simple soldat de l'humanité, de venir planter le rouge
« drapeau des revendications sociales et de la colère
« prolétarienne.

« Tous nos compagnons de lutte peuvent être certains
« de notre énergique fermeté. »

Dans le même numéro, *le Droit social* révèle aux électeurs comment les anarchistes procéderont lors du prochain mouvement populaire; c'est instructif.

« Chacun sait qu'aux premiers cris de révolte,
« aux premiers cliquetis des armes, il y aura toujours
« une foule anonyme, avide de jouissance et de ven-
« geance, qui accourra aussitôt remuer des pavés, der-
« rière lesquels la vieille lutte se réengagerait encore,
« sans autres résultats que des victimes fournies par le
« peuple, si les révolutionnaires conscients n'avaient
« pas pris leurs mesures.

« Ces mesures leur permettront, pendant que les forces
« gouvernementales courront à l'assaut des barricades,
« d'aller, eux, faire la révolution économique, c'est-à-
« dire détruire les titres de propriété, s'emparer de l'ou-
« tillage et faire main basse sur le numéraire, afin qu'en
« cas d'échec la bourgeoisie ne puisse plus, ou bien
« difficilement, reconstituer son ancien état de choses,
« et que les lutteurs ne soient pas le lendemain à la
« merci de la misère.

« Les maisons imprenables, la dynamite en aura rai-
« son, et les flammes devront anéantir toutes ces pape-
« rasses poudreuses, cause de tous les maux de l'hu-
« manité.

« Quelle plus belle œuvre ? Pendant que, dans la lutte
« naissante, les armes de la bourgeoisie porteront la
« mort dans les rangs du peuple, éclairer le champ de
« bataille de flammes sans nombre, répondre à leur ca-
« non par la détonation terrible de la dynamite.

« Ah! vieux monde! Ah! société ignoble! nous te
« ménageons un spectacle digne de toutes tes horreurs
« passées.

« Oui, va, bourgeoisie maudite, tu as fait grand
« dans tes massacres de prolétaires; sois tranquille,
« nous t'égalerons, si nous ne te surpassons pas.

« Le prolétariat est la vie, la source de ton existence,
« tu ne peux le détruire; toi, tu es le chancre qui lui
« vole sa sève, il te fera disparaître. »

Oui, nous-mêmes nous leur en donnerons le motif, nos ennemis ne tarderont pas à tomber sur nous une seconde fois. Celui dont Dieu se sert pour faire de ce peuple, devenu célèbre, une verge implacable pour nous châtier, n'a-t-il pas dit, il y a quelques années, cette parole mémorable, qui seule devrait nous arrêter dans nos débordements : « La révolution peut éclater en France ; cette fois-ci elle ne fera pas le tour du monde ; nous ne lui donnerons même pas le temps de faire le tour de Paris ? » Et dans le cas, que deviendrons-nous avec l'armée que l'on nous a reconstituée ? La pensée seule en fait frémir.

Oui, le peuple reconnaîtra enfin son erreur. Il fait son mal à lui-même aujourd'hui, en donnant obstinément sa confiance à des gens qui sont loin de la mériter, à des gens qui l'excitent au mal, et qui par là même veulent tarir la source de son bonheur. Oui, le peuple, enivré un jour par les beaux mots de liberté, d'affranchissement, qu'on lui a lancés à la face, saura bien revenir à lui. Il y a une chose que la révolution ne peut détruire, c'est le sens de la Divinité dans l'homme. On peut l'émousser, mais le détruire, jamais. Il reste dans l'âme des damnés : c'est là leur plus cruel tourment. Oui, le peuple reviendra à Dieu. Quelques mois seulement avant l'ouverture du Concile du Vatican, un grand évêque, devenu aujourd'hui un grand cardinal, occupant avec gloire un des plus beaux sièges de l'Église catholique, étant en tournée de confirmation, se mit à prendre, dans la chaire d'une modeste église de campagne, la taille et l'accent d'un prophète, et s'écria, comme s'il fût envoyé de Dieu exprès pour cela et comme s'il eût l'univers entier devant lui : « Oui, mes frères bien-aimés, les crimes s'accumu-
« lent de jour en jour. Le monde est malade, nous allons
« nous réunir, nous, évêques catholiques. Nous allons
« voir quels sont les remèdes qui pourraient le guérir

« 'et le sauver. Nous examinerons son mal devant Dieu,
« et nous reviendrons, portant dans nos mains les re-
« mèdes qui peuvent seuls le guérir. S'il n'en veut pas,
« nous nous retirerons. Le peuple alors, le peuple, qui
« garde toujours son bon sens, le peuple que l'on peut
« tromper un jour, mais dont l'égarement ne peut durer,
« le peuple se lèvera et s'écriera: Rendez-nous notre
« Dieu. Ouvrez-nous nos églises. Relevez nos autels.
« Faites revenir nos prêtres. On veut faire de nous des
« esclaves. Nous savons maintenant ce que vaut la re-
« ligion. Nons savons maintenant que la religion est
« notre bonheur et notre gloire. Elle a été le bonheur
« de nos pères, elle sera le nôtre et celui de nos enfants. »
Cette parole, digne des Apôtres, va bientôt se réaliser
de point en point.

Enfin, ce qui ne peut manquer de donner une certaine
valeur à la prophétie qui est l'objet de ce petit ouvrage,
et ce qui est un des motifs principaux pour lesquels on
la publie aujourd'hui, c'est qu'elle est accomplie en partie. Il suffit en effet d'en prendre connaissance pour s'en
convaincre et de bien faire attention aux dates de cha-
cune de ses parties. Contentons-nous de signaler les
faits les plus importants. Tout le monde connaît le chef
de la révolution. Ce personnage trop célèbre est bien
parvenu à être maître de la position. Sa résolution, son
audace dans le mal est pour lui le meilleur titre à la
domination du jour. Il est bien l'homme que Satan
emploie pour accomplir ses desseins de destruction.
Faut-il nommer encore ce complot infernal si bien déterminé d'avance, qui consiste à perdre la foi dans l'âme de
tous les chrétiens de France, au rapport de l'instruction
obligatoire et laïque? Qui aurait cru cela au mois de
janvier 1873? Faut-il faire remarquer aussi que, comme
il a été annoncé, par une conséquence inévitable de
nos malheurs, l'industrie chôme de toutes parts? Les

ouvriers ne peuvent déjà plus trouver le travail qui leur donne le pain de chaque jour. Et on rencontre, sur tous les chemins des communes de France, les tristes épaves du naufrage de l'industrie et de la civilisation. Signalons encore ce qui est dit spécialement du sacré Cœur. Qui aurait pu prévoir que cette dévotion, à une époque de sensualisme et d'égoïsme comme la nôtre, prît de telles proportions en si peu de temps et que le Vœu national pût recueillir tant de millions? N'est-ce pas là la citadelle de refuge dans les jours mauvais qui vont se lever sur nous, et le gage certain d'un meilleur avenir?

IV

CONCLUSION

Les conséquences de tout ceci sont faciles à tirer. Ainsi pas de découragement, pas de peur. Dieu va paraître, et Dieu va combattre pour nous. Il ne nous reste qu'à nous convertir : s'il m'est permis de le dire, nous en avons tous besoin. Qu'il n'y ait plus rien de fardé, plus rien de fictif, plus de demi-vertu. Relevons-nous, remontons dans le surnaturel, où la grâce de notre baptême nous a placés. Soyons chrétiens dans le fond de l'âme. Prenons les armes de la prière. Ayons recours à Marie-Immaculée. Mettons notre confiance dans notre Sauveur : ayons foi au Christ, foi à sa Divinité, foi à son Humanité. Aimons son divin Cœur. Allons plus loin, je dirai le mot : tous nos devoirs se résument dans la foi au Pape. Voilà le signe du vrai chrétien. Le salut du monde est là. Le Pape, c'est l'infaillible. Le Pape, c'est l'ami le plus sincère du genre humain. Le Pape, c'est la vérité et la charité au service de tous les hommes. Le Pape, c'est la liberté, le bonheur et la gloire de l'univers entier. Encore une fois, espoir : le monde chrétien va se rajeunir, et la France va reprendre son histoire, en se mettant au service de l'Église et du Christ.

TABLE

III. — EXPLICATION

1510. — Tours, imp. ROUILLÉ-LADEVÈZE, rue Chaude, 6.